LE FOU D'AMOUR

DU MÊME AUTEUR

LE CHÂTEAU DES AUTRES, Grasset, 1986.

THIERRY DE CABARRUS

LE FOU D'AMOUR

BERNARD GRASSET
PARIS

01 01

à Gilles

Rentrée dans la chambre qu'elle habite avec Loulotte, Bécassine considéra avec admiration son papier, nettoya son stylo, en renouvela l'encre et, enfin, s'assit en murmurant : « S'agit maintenant de ne pas gâter la feuille. » Après quelques instants de réflexion, d'une main qui tremblait un peu, elle traça : ma chaire maman...

Caumery-Bécassine à Clocher-les-Bécasses.

Un père de famille sortit de grand matin afin d'embaucher des ouvriers pour sa vigne. S'étant mis d'accord sur le salaire – un denier par jour – il les y envoya. (...) A la onzième heure, il en trouva d'autres qui flânaient sur la place. (...) Il leur dit : allez, vous aussi, à ma vigne. Le soir venu, le maître de la vigne dit à son intendant : convoque les ouvriers et paie leur salaire, en commençant par les derniers jusqu'aux premiers. Ceux donc qui n'étaient venus qu'à la onzième heure se présentèrent les premiers et reçurent chacun un denier. Ceux qui avaient travaillé depuis le matin s'attendaient à recevoir davantage, mais ils reçurent aussi chacun un denier. (...) Ainsi, les derniers seront les premiers et les premiers seront les derniers; car il y a beaucoup d'appelés, mais peu d'élus.

Saint Matthieu 20, 1-16.

1

En regardant les épaules étroites, les omoplates qui saillaient sous le drap bleu, les oreilles parcourues de veinules, semblables à deux papillons prêts à s'envoler d'une fleur, Jeanne éprouvait de la tendresse pour ce fils difficile. Elle s'était installée derrière lui, comme un dimanche. Parfois, s'il gesticulait trop, elle lui donnait une tape dans le dos. Mais Alfred persistait à écarter les bras, baisser la tête, se lever, s'agenouiller avec une emphase ecclésiastique. Une messe d'enterrement ressemblait à une messe ordinaire et le jeune homme n'était pas dépaysé. Il chantait d'une voix forte en même temps que le prêtre. Il avait acquis cette assurance à force d'assister, chaque semaine, à l'office immuable.

Alfred s'entraînait à la maison, quand il

passait sur son magnétophone une chanson à la mode. Il assimilait d'abord le rythme, se concentrait sur les silences, la durée des membres de phrase. Il étudiait ensuite la musique des mots, leur sens n'avait pas d'importance. Dès qu'il savait reproduire chaque phrasé, il se mettait à chanter. Sa voix enflait alors jusqu'à dominer l'autre.

Il déclama : « Agneaudedieu-quienlèèvelepêchédumondee... » L'officiant, outré par cette concurrence, lui lança un regard sévère, mais il retrouva l'avantage en s'écartant de l'ordinaire de la messe : « Seigneur, recevez dans votre royaume Léone Rachol et sa fille Jacqueline. » Alfred était obligé de se taire s'il voulait être à la hauteur au prochain enterrement. Mais que le prêtre se risquât à entonner : « Par Notre Seigneur Jésus-Christ », Alfred tenait sa revanche et, plus fort que les autres, il libérait ses poumons dans un magnifique : « Amenn. »

Les deux cercueils, au milieu de l'allée centrale, ne l'intéressaient plus. Il voulait réciter la messe par cœur, pas seulement les réponses mais le texte du curé. Alfred avait été fasciné par les poignées de cuivre, le bois verni couvert de couronnes et de rubans à lettres d'or. Mais il ne s'attardait plus. Le cercueil qui l'eût intéressé était vide, tout le monde le savait. Pour Jacqueline, c'était un simulacre d'enterrement. Alfred avait demandé à son frère de lui lire l'article du *Progrès*. Jacqueline Rachol n'était pas morte dans l'accident de voiture. Simplement, elle était absente.

A chaque fois que le prêtre réclamait des prières silencieuses, Alfred en profitait pour chercher Jacqueline dans la foule. Elle se cachait mais il saurait la reconnaître, même si elle s'était déguisée en princesse masquée ou en écuyère de cirque, même si elle s'était habillée en Bécassine, comme ces deux fois où ils s'étaient rencontrés.

Au premier rang, Alfred apercevait Rachol, le géant roux, l'homme aux dents d'or et à la Land Rover blanche. Le maire conseiller général portait le costume noir à rayures de l'autre jour, quand il avait visité le Centre. Il était entré dans le bureau de Jacques le directeur, lui exposer son programme. Il avait serré la main d'Alfred et celle de ses camarades. Il arborait un sourire doré. Le jeune homme s'en souvenait, c'était l'avant-veille des élections cantonales. Il se souvenait aussi d'avoir voté pour Rachol, comme on le lui avait demandé.

Stéphanie, la petite sœur de Jacqueline, disparaissait sous une mantille noire. Son dos tremblait, elle pleurait. Demain, elle quitterait le château, son père l'envoyait en pension. Alfred en était contrarié. Il aimait bien Stéphanie qui était gentille. Elle lui souriait toujours quand elle le croisait dans le village. Les autres, Alfred ne les connaissait pas.

Jeanne avait son idée sur les autres. La grande blonde indécente dans son fourreau à fleurs était la maîtresse de Rachol, elle se permettait de lui tenir le bras. A côté d'elle, la vieille Léa se mouchait bruyamment. La cuisinière vivait son dernier jour de liberté, le maire l'avait inscrite à l'hospice. Il avait dit avant la messe : « Je veux rester seul au château, avec Richard bien entendu... » La nouvelle avait circulé et Jeanne savait. Elle apercevait les beaux cheveux blonds de Richard qui avait la confiance de Rachol puisqu'il était sourd-muet.

Au second rang, Raymond La Fleur, le régisseur des vignes, triturait sa casquette. On disait qu'il avait été un peu amoureux de Léone. Lui non plus ne vivrait plus aux Pierres Dorées, Rachol lui avait trouvé une chambre au village. Joseph Bagnon et Suzanne, sa femme, paraissaient émus tous les deux. Jeanne voyait pour la première fois le facteur à l'église. Il était venu enterrer Jacqueline, il n'avait jamais eu d'enfant.

Derrière, se ratatinaient les bigotes. Elles passaient leur vie pendues aux basques du curé, à se chamailler pour laver ses chemises et ses caleçons, arranger les fleurs au pied de la statue de Marie, aligner les bancs avant et après les offices, quêter, vider les troncs, épousseter les Stations de Jésus. Elles portaient le deuil mais ça ne les changeait pas. C'était leur tenue de tous les jours, des fois qu'elles fussent terrassées par une attaque. Le prêtre les utilisait pour la toilette des morts.

Jeanne reconnaissait pêle-mêle les propriétaires des vignes, les ouvriers agricoles, les employés, les fournisseurs du cabaret, les danseuses de Rachol identifiables d'un coup d'œil : habillées de manière voyante, elles possédaient la jeunesse et la beauté.

L'église était pleine. Tous n'aimaient pas

Rachol mais tous avaient eu affaire avec lui. Ils se devaient d'apparaître en ce jour de grand deuil, même si derrière ces visages navrés, on décelait, peut-être, de la jouissance.

Jeanne ne se sentait pas à sa place. Prise de court, elle s'était rendue avec Alfred à la messe d'enterrement. D'habitude, elle prévoyait ses colères : il a faim et le repas n'est pas prêt alors que la cloche de l'église sonne dix-neuf heures; elle n'a pas trouvé le temps de le réapprovisionner en madeleines fraîches; Pierre a emprunté une cassette et oublié de la lui rendre; la famille lui impose un film sur la première chaîne quand la seconde programme des chanteurs à la mode. Cette fois, Jeanne n'avait pas compris pourquoi il se fâchait.

Alfred lui avait demandé, comme ça, à aller à l'enterrement de Léone et de Jacqueline Rachol. Elle lui avait répondu que ça n'avait pas d'intérêt, que c'était triste, qu'il les connaissait à peine. Elle n'aimait pas cette femme qui prenait des airs au volant de sa Mercedes rouge. Léone avait refusé de faire partie de l'Action catholique et d'ailleurs, elle n'allait jamais à la messe. Rachol était pire, il dirigeait à Lyon une boîte de nuit. Enfin, il avait dépossédé le baron de La Rosaire de son château, de ses bois et de ses quatre-vingts hectares de vignes. Alfred avait répondu qu'il irait quand même, sans elle si elle ne voulait pas l'accompagner.

Jeanne avait insisté sur les désagréments d'un tel spectacle, qui justement n'en était pas un. Mais son fils s'obstinait. Il avait répété qu'il irait seul : il aimait la messe et s'installer au fond de l'église, près de l'allée centrale, pour tout voir. Il n'avait jamais assisté à un enterrement.

Sa mère s'était fâchée la première. Elle trouvait ce plaisir incompatible avec la peine des autres. Personne ne connaissait bien les femmes Rachol, surtout Jacqueline, la malheureuse, que sa famille avait cachée pendant vingt ans parce qu'elle n'était pas normale. Une famille qui avait honte de son enfant ne méritait pas qu'on se déplaçât pour elle.

A son tour, Alfred s'était mis en colère. Sa voix montait, ses mains, ses bras, son ventre tremblaient. Jeanne ne l'avait jamais vu dans cet état. Une fois peut-être, à sept ans, quand il avait jeté le crayon qu'on le forçait à tenir pour tracer des bâtons sur un cahier d'écolier. Comme on n'avait pas su quoi faire, on l'avait conduit à l'hôpital. Depuis, tous les soirs, avant de dîner, il prenait un tranquillisant.

Une crise aussi forte se préparait. Cette colère qu'il feignait si bien, quand il voulait attirer sur lui l'attention de la famille, allait se transformer en vraie crise de nerfs. Jeanne avait saisi son fils par les épaules, lutté pour le contraindre à s'asseoir, séché ses larmes si rares. Elle avait fini par lui dire : « D'accord, Alfred, nous irons à l'église. » – « Et au cimetière? » – « Et au cimetière... »

Alfred avait refusé de quitter sa tenue d'ouvrier. D'habitude, il réclamait une chemise blanche, une cravate et un pli à son pantalon. Mais il avait voulu se rendre à l'église dans sa salopette bleue. Il était assis devant sa mère, au bord de l'allée centrale. Sa tête, penchée pour mieux voir, dodelina en faisant frissonner un épi rebelle. Pourtant, Jeanne l'avait coiffé, comme tous les matins, d'un coup de gant de toilette.

2

L'orgue jouait plus fort, il était temps de sortir. Déjà, le premier cercueil progressait dans l'allée. Les quatre hommes vêtus de noir, la main agrippée à la poignée de cuivre, l'épaule et la tête serrant l'angle de la boîte, avaient du mal à porter Léone. Jeanne se souvenait de cette belle femme au corps épanoui. Les quatre autres marchaient avec aisance, ils soutenaient un cercueil vide. Rachol et Stéphanie quittèrent l'église les premiers, suivis par la foule qui bruissait. Alfred cherchait sa Bécassine et ne la trouvait pas.

Dehors, la neige commençait à fondre, annonçant le printemps. Le maître de cérémonie fit un signe et les deux camionnettes noir et or se mirent en route. Docile, Jeanne, asphyxiée par la fumée blanche, poussa son fils dans le cortège.

On passait devant la mairie, aménagée dans la carcasse d'un château féodal. En marchant, Jeanne regardait son village. D'abord, le vieux centre, la dizaine de maisons moyenâgeuses séparées en deux pâtés par la nationale 6. D'un côté l'église, de l'autre la mairie. Dans ce quartier vivaient les bigotes qui, pour rien au monde, n'eussent quitté leur logement triste et insalubre. Elles tenaient à leur position stratégique près de la cure, même si la place coûtait cher : régulièrement, l'une d'elles était fauchée par une voiture.

Le cortège s'étirait sur la route blanche. On arrivait dans la cité pavillonnaire. Les habitants étaient sortis sur le pas de leur maison neuve, comme à chaque enterrement important. Tous regardaient passer le convoi : Ahmed-Philippe, le harki au marteau piqueur, sa femme et leurs sept enfants; le boucher de Villefranche et sa riche maîtresse qui avait fait construire à la campagne; le lieutenant de pompiers célibataire; l'artisan maçon qui récupérait le salaire de ses ouvriers en leur louant des chambres; le gardien de prison homosexuel et sa vieille mère; les blanchisseurs et leur marmaille au nez sale; Edouard de Villaforte, le mari de Jeanne, qui tenait en laisse Lou, son loulou blanc.

Les maisons se ressemblaient, couvertes d'un enduit ocre qui prend sous la pluie la couleur de la terre. Jeanne fit un signe à Edouard. Alfred s'arrêta. D'un geste ample, il salua son père. Sa mère lui donna une tape dans le dos. Des rires fusèrent dans le cortège. Ils continuèrent leur route parmi les autres. Le paysage s'élargissait. Derrière les maisons, les jardins prenaient des allures de champs. On apercevait les milliers de ceps qui noircissaient la neige. Jeanne distinguait la masse du château de Rachol, en haut, derrière les murs.

La foule pénétra dans le cimetière, juste à côté de l'école primaire, et se répartit bruyamment entre les tombes. Le prêtre s'impatientait, un autre enterrement l'attendait dans une commune voisine. Il leva la main et obtint le silence. Alfred en profita pour échapper au contrôle de Jeanne. Il réussit à se glisser juste derrière Rachol. De là, il allait tout voir.

On enterrait d'abord Léone. Avec une

componction qui rendit Alfred heureux, le prêtre lut un papier sorti de sa poche. Il dressait le portrait d'une fidèle qu'il avait peu vue à la messe, mais il s'en tirait quand même en insistant sur le rôle exemplaire de cette femme dévouée à ses filles et à son mari. Il enchaîna sur les mérites du maire, que la commune avait accueilli voilà trente ans et qui y avait amené une indéniable prospérité.

Alfred n'écoutait plus, il cherchait Bécassine. Le curé donna des coups de goupillon plein d'eau bénite. Rachol s'avança pour bénir le cercueil, mais le prêtre murmura : « Pas encore... » Il prononça une seconde oraison, beaucoup plus courte : « Dieu a voulu rappeler à lui cette enfant, Jacqueline Rachol... Elle était pure et chaste, elle représentait toute la misère humaine, Dieu l'avait donc élue dès sa naissance. Les derniers seront les premiers, a dit le Seigneur, Jacqueline Rachol sera la première au Royaume des Cieux... »

La foule ondulait en silence. Les porteurs, crispés sur leurs cordes, firent descendre Léone. Leurs collègues faillirent lâcher l'autre boîte, tellement elle leur paraissait légère. Droit et digne dans son costume noir à rayures, Rachol dessina dans l'air un signe de croix humide sur la tombe de sa femme. Il s'arrêta devant le cercueil vide et répéta son geste.

Alfred se mit à rire. Doucement d'abord, puis sa voix retentit dans le cimetière baigné de soleil. Il quitta la foule et grimpa sur la marche d'un mausolée. De là, il embrassait la scène et chacun pouvait le voir. Jeanne, angoissée, s'efforçait de remonter le cortège, mais l'inertie des jambes et des ventres l'empêchait d'aller assez vite.

Alfred avait mis les poings sur les hanches. Il riait, les yeux plissés derrière son gros nez et ses lunettes d'écaille, la bouche ouverte sur ses dents minuscules, le menton en galoche. Tétanisée, la foule avait reconnu Alfred à sa parka blanche serrée par un cordon à la taille sur sa salopette bleue.

Il parla : « Arrêtez, bande d'andouilles. Vous avez pas le droit de mettre une boîte vide dans la terre. Tout ça, c'est du cinéma. On la verra demain, Jacqueline. C'est marqué dans le journal, qu'elle est pas morte. Vous m'entendez? MOI, JE VOUS DIS QU'ELLE EST PAS MORTE. »

Rachol s'était ressaisi. Il marchait, menaçant, vers ce bonhomme sans âge qu'il avait déjà vu, mais où? et qui faisait du scandale. Jeanne arriva juste à temps pour sauver son fils du poing qui allait lui casser les lunettes. Elle bredouilla des excuses. Rouge de confusion, elle poussa devant elle, dans la foule murmurante, Alfred qui riait.

En sortant du cimetière, elle ne remarqua pas le vieil homme casqué, adossé au mur près d'une moto ancienne. Il tenait dans ses mains un pendule. Alfred lui lança un coup d'œil. Il crut entendre : « Tu as raison, mon garçon, Jacqueline Rachol n'est pas morte. »

3

Alfred ouvrit les volets de sa chambre encombrée de plantes vertes. Il porta la main à ses yeux. Les champs, les bosquets, le bief étaient d'un blanc agressif. Il neigeait dans la pièce et la température baissait. Alfred ne savait plus quoi faire : fermer la fenêtre et se brûler les yeux, ou accepter ce froid qui les faisait frissonner, lui et ses plantes? Il appela sa mère.

Jeanne trouvait toujours la solution. Elle s'arrangea pour qu'assez de lumière pénétrât dans la chambre tout en repoussant les volets à l'italienne. Elle verrouilla la fenêtre, la température remontait déjà. Alfred pouvait retirer la main d'au-dessus de ses yeux, il souriait. Par l'interstice entre les volets, qui laissait apparaître une tranche de champ, de bosquet et de bief, il regardait la nature comme une bête qu'il eût lui-même domestiquée. Il avait envie de la caresser, maintenant, de lui murmurer qu'il l'aimait calme, toutes griffes rentrées.

Chaque soir, en rentrant de l'atelier, Alfred arrosait ses philodendrons, son croton puis il écoutait les chanteurs à la mode. Les matins sans travail, surtout les dimanches, il préférait la musique classique qui prolongeait le climat de la messe. Il brancha son magnétophone et les fugues de Bach le rassurèrent. Elles égrenaient des notes légères comme les flocons de neige. Alfred oublia le froid. Il pensa au bol de café au lait que sa mère lui préparait, au paquet neuf de madeleines qu'il allait entamer.

Alfred éprouvait du bonheur à déguster la première madeleine d'un paquet neuf. Il avait réussi à interdire cette friandise au reste de la famille, menaçant, s'il prenait quelqu'un la main dans le sac, de s'arrêter aussitôt d'en manger. L'effet avait été immédiat, Jeanne n'oublierait jamais ces années pendant lesquelles il ne mangeait pas de madeleines.

Ce matin, Alfred était heureux, calme. Il venait d'entamer un paquet neuf. Il sourit à la pensée de se recoucher et d'entendre sa mère qui viendrait, comme tous les matins sans travail, taper sur son oreiller de plumes. Il allait pouvoir somnoler, écouter les fugues du *Clavier bien tempéré* jusqu'à cette piécette si tendre qu'il se laisserait aller à pleurer.

Alfred pleurait en secret, pour le bonheur de s'écouter vivre. Il aimait sentir un peu de lui couler le long de son gros nez, de ses joues maigres trouées de fossettes enfantines. Il rêvait souvent qu'il était un artiste et qu'il interprétait le *Clavier bien tempéré* devant sa famille et ses camarades de travail. Ses mains aux doigts en spatule, aux oncles maculés par la graisse de la machine à trouer les œillets de classeur, retrouvaient toute leur grâce. Le matin de ces rêves, Alfred s'estimait beau et il s'autorisait à penser à Jacqueline.

Ce jeudi-là, il s'était promené, seul, dans le parc du Centre. La neige était tombée toute la matinée. Une nappe, qui lui rappelait la communion de Pierre, recouvrait les sillons laissés par les roues des voitures. Il avait regardé le ciel, bleu comme sa salopette : le soleil ressemblait à un médaillon de fête religieuse. Les bruits lointains de la cantine accroissaient le silence. Alfred avait quitté le réfectoire avant les autres : il n'aimait pas les desserts, hormis la crème anglaise et les madeleines.

La grille s'était ouverte. Deux silhouettes de femmes glissaient dans l'allée invisible. Alfred avait vite perçu le crissement de leurs pas et cligné les yeux derrière ses lunettes. La première était grande et beige, elle portait un chapeau brun; la seconde toute ronde, un manteau cerise, une longue jupe verte et des bottes rouges. Il les avait saluées très bas quand elles étaient passées devant lui et ça les avait fait rire. La plus jeune s'était retournée et il avait remarqué ses yeux ronds, ses joues roses. Il les avait suivies, le corps en avant, les yeux mi-clos, gênés par la lumière. Elles avaient ri, il en fut content.

Alfred avait accéléré le pas, coudes en équerre. Agrippées l'une à l'autre, elles gravissaient les marches glissantes. Vite, il avait grimpé l'escalier à son tour, saisi la poignée gelée. Une fois encore, il s'était plié en deux, les yeux regardant ses chaussures. Les deux femmes avaient recommencé à rire.

La cloche avait sonné. Le gros Jojo, devenu chauve à la suite d'une grave maladie, était sorti le premier du réfectoire, suant malgré le froid. Alfred se disait qu'il avait sans doute quitté la table par surprise, peut-être même négligé de plier sa serviette? D'habitude, Danièle la petite maigre à lunettes arrivait la première au sapin bleu. Pas cette fois. De rage, elle avait poussé des hurlements et s'était mordu les poings. Valérie la bégayeuse avait complimenté le gagnant mais l'autre, devinant la suite, l'avait déjà remerciée avant qu'elle eût fini sa phrase. Derrière elle, s'était avancée Sandrine la brune au chiffon sur les lèvres. Cette manie lui posait des problèmes pour manger, mais Jacques le directeur lui avait trouvé la bonne place, en bout de table, dans un angle, là où elle pouvait se nourrir sans montrer sa bouche.

Sandrine était une drôle de fille. Elle ne voulait pas montrer sa bouche mais elle entraînait Alfred aux toilettes. Elle relevait sa jupe, baissait sa culotte, obligeait le jeune homme à regarder cette fente rose qui ressemblait à un chewing-gum humide. Un torrent d'urine éclaboussait les pieds d'Alfred. Elle éclatait de rire, se rhabillait, portait une main furtive à la braguette de son prisonnier puis, satisfaite, le laissait s'éloigner comme un homme ivre.

Alfred allait les rejoindre quand la porte de l'atelier s'était ouverte. La jeune fille en rouge et vert était sortie, seule. Il éprouvait de la difficulté à respirer mais il avait souri quand même. Elle s'était avancée prudemment vers lui. Il lui avait offert son bras sans emphase, avec un naturel que personne ne lui connaissait. Tous deux s'étaient éloignés sur la neige. Alfred lui avait parlé d'une voix douce, un peu cassée, demandé son prénom. Elle avait répondu : « Jacqueline Rachol, Pierres Dorées, par Villefranche-sur-Saône. » Lui s'appelait : « Alfred de Villaforte, chemin des Vignes, à Plaisance-sur-Azergue. » Ils étaient voisins et ça les avait fait rire. Il avait dit encore : « Tu ressembles à Bécassine. »

4

La Land Rover blanche ronronnait. Satisfait, Rachol jouait avec le boîtier de la télécommande qu'engloutissait sa main rousse. La nouvelle porte du garage s'ouvrait, se fermait, sans bruit, selon ses caprices.

Il retroussait les lèvres, dévoilant cette denture qu'il tentait de cacher depuis qu'il faisait de la politique. Deux dents en or sur le devant, cinq autres sur les côtés. Il s'était offert tout ça dans les années cinquante. Le restaurant marchait, l'argent commençait à rentrer, il fallait qu'on le sût. Il s'était dit : « Quand le dentiste me demandera quelle denture, je répondrai de l'or, bien sûr. » C'était l'année où il avait acheté la grosse Chambord bicolore, et Léone.

Il pensait aux législatives, à Stéphanie, sa

cadette, qui lui conseillait : « Tu devrais transformer ton look. » Il avait eu de la chance aux cantonales. A vingt-cinq voix près, il ne passait pas. Ce La Rosaire avait failli le posséder. Il profitait de ses tournées de charlatan pour influencer les petits fermiers. Rachol avait démontré, de justesse, qu'il se passait des voix des petits. Il mettait les gros dans sa poche, et les moyens, ceux qui voulaient grandir et qui devraient passer par lui. Pour les législatives, tous devenaient nécessaires, il écouterait Stéphanie. La Rosaire ne voterait jamais pour lui, même avec des dents moins voyantes. Rachol habitait son château, il le lui avait arraché, pierre après pierre. Il exploitait aussi ses vignes, il s'en était emparé, pied après pied.

Il passa une vitesse. La voiture blanche s'engagea dans l'allée de sapins. Bientôt il apercevrait la grille, le pigeonnier, l'entrée de la mine où s'entassaient les douloureux souvenirs, son histoire. Mais il braquerait son regard sur le rétroviseur qui lui renverrait un passé d'emprunt. Il se délecterait de l'image rassurante du château reconstruit sur les ruines de la demeure du baron Hugues.

Le premier des La Rosaire lui était familier. Son portrait en pied régnait dans le grand salon. Rachol avait dit à son vieil ennemi : « Je rachète tout, les meubles, les tapisseries, les tableaux. Il faudra me laisser le baron Hugues. » L'autre l'avait menacé, supplié, mais Rachol n'avait pas cédé. Il se sentait gonflé de fierté d'avoir réduit tout seul le baron Hugues, qu'il jugeait de sa trempe. Un client allemand, en visite au château, avait confirmé son intuition : tous deux se ressemblaient. Rachol ne l'avait pas contredit quand l'autre l'avait appelé « baron Rachol ». La Rosaire était âgé, Rachol pourrait bientôt cueillir son nom comme un fruit mûr. D'ailleurs, il s'estimait le descendant légitime du baron Hugues, puisque lui aussi avait conquis le pouvoir en Beaujolais.

Une pierre fit tourner le volant et la voiture cala. Furieux, Rachol regarda devant lui. Le rétroviseur ne lui renvoyait plus cette histoire qui n'était pas la sienne. Il n'échappait plus à ses souvenirs à lui, Rachol. Ses yeux glissèrent le long des bâtiments agricoles. Il tenta de les arrêter en pensant au travail : il faudrait faire réviser les tracteurs enjambeurs, changer les courroies des palisseuses et des prétailleuses; bientôt, ce serait le labour de printemps.

Rien n'arrêtait ses yeux. Le pigeonnier, derrière le bosquet, Jacqueline l'habitait, avant l'accident; le château lui était interdit. La mine de manganèse, derrière les arbres, on l'avait fermée, faute de minerai de bonne qualité; Rachol y avait fait venir les meubles, les effets de Léone et de Jacqueline. Il descendit de voiture, ramassa la pierre responsable de son malaise. Ce soir, cet imbécile de Richard aurait de ses nouvelles. Le sourd-muet se la coulait douce depuis qu'il n'avait plus la charge de Jacqueline. Il n'était plus payé que pour ratisser les allées et il avait négligé cette pierre. Léone était morte dans sa Mercedes rouge. Jacqueline avait disparu mais elle était morte, sans doute emportée par un tourbillon de la Saône.

Son passé l'embourbait, Rachol voulut en sortir. Il fit bondir la Land Rover, il pensa au Salon de l'Agriculture. A Paris, il étudierait les machines à vendanger, il mènerait la révolution en Beaujolais. Mais non, ça ne marchait pas. Jacqueline se tenait devant lui plus laide, plus gauche, plus présente que de son vivant.

Il revoyait sa jupe trop large, ses bras trop gros, ses yeux trop ronds. Rachol répéta à voix haute : « Jacqueline est morte, en même temps que Léone. Il faut que je les oublie. Je suis vivant, moi, je continue, j'avance... Un jour, je me remarierai, je deviendrai député, ministre. Pourquoi pas ministre? » Il accéléra. La voiture atteignit la grille à l'instant où Jeanne de Villaforte s'apprêtait à sonner.

Elle lui trouva le visage sec, barré de rides obstinées. Elle se força à sourire, lui aussi. « Madame de Villaforte... Qu'est-ce qui me vaut le plaisir? » Il regardait par-dessus la tête de cette petite bonne femme mal fagotée. Mais Jeanne se planta devant lui, et il fut bien obligé de la contempler.

« La Villaforte s'habille par correspondance. » Cette méchanceté de Léone lui revenait. Il détailla le gros gilet de laine bleue, enfilé à la hâte sur une blouse noire. Il tenta d'évaluer les hanches, les mollets serrés dans des bottines de caoutchouc boueuses. Son visage paraissait doux, malgré des yeux sombres qui bougeaient sans cesse et des cheveux noirs trop frisottés. Petite, Jeanne possédait de jolies mains. Elle le savait, elle s'en servit pour présenter ses excuses au maire. Elle parla de son fils en laissant évoluer ses doigts gracieux comme des libellules. La bague armoriée qui brillait au soleil fascinait Rachol. Alfred n'était pas mauvais, simplement il voyait les choses d'une manière bizarre. Il appréciait Jacqueline, qu'il trouvait mignonne et bien élevée. Il se faisait un monde de la voir arriver au Centre. Alors, ce terrible accident, il ne l'avait pas accepté.

Rachol hochait la tête, il regardait voler la bague et les mains fines. Jeanne continuait, affirmant que c'était un malheur, un grand malheur. Elle avait sympathisé avec Léone, au village, elle se réjouissait à l'avance... Puis, ce drame affreux... Elle revint à la charge, excusant encore son fils : « Comprenez, Monsieur le maire, dans le journal, ils ne disent pas que Jacqueline est morte... " Disparue ", ça n'est pas la même chose... Vous conservez espoir, n'est-ce pas? » Les doigts et la bague s'évanouirent dans les poches de laine.

Rachol entendit la dernière phrase. Il balaya l'air de son bras, faisant reculer Jeanne effrayée. « Ils ne vont pas me foutre la paix. »

Elle voulut s'enfuir, il prit sur lui : « Il faut me laisser le temps... Pour votre garçon, bien sûr, ça n'est pas de sa faute... » Rachol dit encore qu'il devait rester seul. De fines gouttes perlaient sur son front et Jeanne pensa qu'il avait peur.

Les moteurs des deux voitures tournaient. Les pots d'échappement libéraient une fumée blanche et lourde. Soudain, on entendit les pétarades de la vieille moto : La Rosaire déboucha en haut de la colline. Rachol fit un baisemain pour regarder de près les doigts minuscules et la bague. Pour montrer aussi qu'il savait vivre. Il s'installa dans sa Land Rover avec dignité, elle l'observait encore. A l'instant où passa le motard, il enclencha une vitesse. Le lourd véhicule creva le nuage de fumée, et disparut.

5

Jeanne ne s'était pas trompée, Rachol avait peur. Ce sentiment lui était si étranger qu'il ne l'avait pas reconnu tout de suite. Mais il ne trouvait pas d'autre explication à cette sueur qui lui mouillait les aisselles, le creux des reins. Jacqueline allait peut-être revenir et tout recommencerait. Plusieurs fois, doucement, il répéta : « J'ai peur. » Puis il se mit à hurler dans l'habitacle de la Land Rover : « Peur. Peur. Peur. » Il n'avait ressenti un tel désarroi que deux fois dans sa vie. La première, quand il était pauvre, et fils de pauvre.

Son père, amputé d'une jambe à la guerre, en voulait à tout le monde de ne plus pouvoir travailler. Il passait son temps à boire dans la baraque familiale. Quand l'ivresse le gagnait, il racontait ce jour de 1916 où, dans une tranchée de la Somme, on lui avait « coupé le gigot » après l'avoir saoulé à la gnôle. Il tapait sur le plancher avec son pilon, il riait trop fort, ses yeux étaient ceux d'un fou.

La mère de Rachol, ouvrière d'usine, rentrait tard, parfois pas du tout. Son père s'affalait alors sur son lit, ôtait sa salopette et demeurait ainsi, en caleçon sale, sur la couverture rouge, à boire du vin à même la bouteille. Il exhibait sa jambe de bois, une sorte de béquille terminée à la hanche par un coussinet de toile jaunie. Le tout était retenu par des lanières autour de la taille.

Quand leur mère ne rentrait pas, Rachol et sa sœur étaient obligés de rester dans la chambre jusqu'à ce que l'ivrogne se fût endormi. Souvent, l'alcool aiguisait la douleur. Il délaçait alors son pilon et, dans un hurlement de rage, le lançait à travers la pièce. Rachol et sa sœur avaient peur. « Peur. Peur. Peur. » Rachol murmurait ces mots. Il venait de comprendre pourquoi il refusait de voir sa sœur... La seconde fois qu'il avait eu peur, c'était après la naissance de Jacqueline, quand on lui avait dit qu'elle ne serait jamais comme les autres. Rachol avait enfoui son désarroi sous une montagne d'or.

Léone n'avait pas sa trempe, il se moquait souvent d'elle. Elle répétait qu'elle détestait conduire parce qu'elle avait peur. Il repensa à ce jour où il lui avait offert la Mercedes rouge. La voiture était garée devant le château, Léone tournait autour. Elle avait passé un doigt sur la peinture métallisée. Elle faisait semblant d'apprécier en connaisseuse, considérant que c'était son devoir. Rachol pensait : « Elle sera heureuse », même s'il s'étonnait de cette soumission inhabituelle.

Il avait ouvert la portière déclenchant la sonnerie intermittente. Il avait appuyé sur les boutons et la pelouse sombre, balayée par les phares longue portée, s'était allumée comme un terrain de football. Léone voulait saisir l'antenne télescopique de la radio quadriphonique, mais la tige d'acier avait disparu aussi vite qu'elle s'était plantée dans sa poitrine volumineuse. Rachol avait gardé pour la fin la capote électrique à ouverture télécommandée, une option spéciale. Léone avait ri, tapé dans ses mains. Rachol se prenait à la trouver belle encore, comme ce jour où il l'avait remarquée dans le magasin de fleurs de Villefranche-sur-Saône.

Il l'avait fabriquée, Léone. Au moment de lui offrir cette Mercedes rouge, il la regardait, une sorte de bilan. Qu'y avait-il de commun entre cette femme élégante en tailleur Chanel, à la coupe de cheveux remise en plis chaque semaine chez le plus grand coiffeur de Lyon, au port de tête altier, au dos cambré faisant pointer deux seins fiers sous la soie du chemisier et cette vendeuse à queue de cheval et blouse entrebâillée qui s'abîmait les mains dans l'eau glacée des fleurs? Il était arrivé dans sa Chambord bicolore, il avait acheté toutes les fleurs, et Léone. Maintenant, il lui offrait la Mercedes rouge à capote télécommandée, le fin du fin.

Rachol était sorti de la voiture et lui avait dit dans un sourire d'or : « Tu la conduiras, ma chère... » Silence de Léone, puis la crise de larmes, imprévisible, le visage moite, les mains qui se tordaient, la tête qui faisait non. Elle disait : « Non, je ne veux pas, c'est trop beau pour moi. » Puis : « Tu sais bien que j'ai peur de conduire, je ne veux pas conduire. »

Rachol voyait se durcir le visage de Léone. Les rides que l'esthéticienne gommait, de chaque côté des lèvres, les rides qu'il n'aimait pas, ressortaient, annonçant leur dispute. Il avait demandé : « Pourquoi? » Elle n'avait pas répondu, elle le lui avait dit. Il s'était fâché, lui lançant qu'elle était folle, qu'elle ne valait pas mieux que Jacqueline. Il en était sûr, la tare venait d'elle. C'était à cause d'elle s'ils avaient eu une enfant débile.

Léone s'était jetée sur lui, avait enfoncé ses ongles dans ses joues comme avant, quand ils se haïssaient encore. Quand ils n'en étaient pas arrivés à l'indifférence, chacun faisant chambre à part au grand désespoir de la vieille Léa qui devait beaucoup marcher pour les servir. La nuit était tombée, les phares de la Mercedes traçaient deux traits jaunes sur la pelouse. Léone lui martelait la poitrine et il sentait monter une colère nouvelle. Parfois, les silhouettes coupaient le rai d'un phare. Le visage effrayé de Léone paraissait, lumineux comme un masque.

Il ne s'était pas contenu. D'une gifle, il l'avait envoyée rouler dans l'herbe. Sa femme avait tenté de se relever, la jupe remontée haut sur les cuisses. Il voyait les jarretelles de soie grise qu'il l'obligeait à porter, le bas détaché, la croupe offerte. Elle n'était plus sa femme, mais une autre, une vicieuse, qui faisait exprès de se lover dans l'herbe luisante. Il avait bondi sur elle, arraché sa jupe. Il l'avait prise avec une brutalité qui ressemblait à de la haine.

Léone soufflait, ne disait rien. Elle avait l'habitude qu'il la violât. Il forçait la porte de sa chambre quand elle avait oublié de pousser le verrou. Il lui montrait qu'il était le maître aux Pierres Dorées. Elle s'était relevée, il l'avait regardée. Barbouillée de terre et de larmes, elle était laide de peur. Il l'avait saisie par les épaules, avant de lui dire : « Cette voiture, tu vas la conduire. Pour notre standing. Tu passeras ton permis, tu l'auras du premier coup. J'en fais mon affaire. Dans trois semaines, tu conduiras la Mercedes. »

Il avait claqué les fesses de Léone qui marchait vers le château, bas roulés sur les chevilles. Elle remuait lentement sa croupe large, marquée de cinq doigts rouges dans sa chair blanche. Pour un peu, Rachol l'aurait violée encore. Le visage de Léone était couvert de sueur.

Il sentait la sueur perler sur son front en conduisant la Land Rover entre les vignes.

6

Capuchon sur la tête, Alfred ressemblait à un bonhomme de neige. Jeanne l'habillait en blanc pour lui donner plus de carrure. Mais les rembourrages s'étaient affaissés aux épaules, et la grosse parka épousait son corps étriqué. Bras écartés, il marchait, comme un funambule. Il allait prendre son car qui le conduirait au Centre. Alfred ralentissait son pas à cause de la neige, même si, en plein été, il conservait cette allure hésitante. Il supportait bien l'hiver. En cette saison, il mettait sa parka blanche qui faisait rire les enfants de l'école primaire.

Ce matin, il voulait entendre leurs rires. « Tu as un bon quart d'heure d'avance », lui avait dit sa mère. Il prit la route qui mène à l'école, et au cimetière. Devant la guérite, au milieu des tombes, le gardien achevait son petit déjeuner dans sa gamelle. « Salut, Alfred. Alors, te revoilà? Mais qu'est-ce que tu viens faire ici, toi? T'as pas de famille enterrée à Plaisance... » Non, Alfred n'avait pas de famille enterrée ici, puisque la tombe de Bécassine était vide. Il ne répondit pas. Il souleva le bord de sa capuche blanche, découvrant ses dents minuscules et son gros nez. Il s'aventura jusqu'au mur du fond, comme un funambule.

Le caveau des Rachol disparaissait sous les fleurs. Alfred passa devant lui sans le regarder. Il s'arrêta plus loin, au pied du mur. Derrière, les voix des enfants montaient, joyeuses. Derrière, se trouvait l'école primaire qu'il avait si peu fréquentée. Il écouta longtemps les rires en triturant les cordons de sa parka puis le mur parut se colorer. Il crut voir le visage rose, la cagoule verte, les yeux bleus et ronds comme des billes, la bouche cerise de sa Bécassine. Il lui parla doucement, lui demanda pourquoi elle ne donnait pas de nouvelles. Soudain, derrière le mur, les petites voix le submergèrent et il sut ce qu'il allait faire.

Ce vendredi-là, on avait fêté Mardi gras avec trois jours de retard. Jacques le directeur était allé à Paris chercher le piano mécanique. On avait ressorti les guirlandes qui ornent le sapin bleu, à Noël. La ville avait prêté le parquet qu'on installe sur la place, le 14 juillet. Sous la tonnelle, les ampoules jaunes, rouges, vertes éclairaient les visages de ses camarades. En face, dans la neige, les parents emmitouflés attendaient sur leur chaise que commençât enfin le spectacle. Alfred avait ri. Déguisé en cavalier masqué, le gros Jojo était persuadé qu'on n'avait pas pu le reconnaître, mais il avait choisi un chapeau trop petit pour sa tête ronde et lisse, comme une savonnette. Danièle la petite maigre à lunettes, qui tremblait de froid dans sa robe de bohémienne, avait claqué des doigts comme une gitane, couru de l'un à l'autre en criant qu'elle était Esmeralda. Mais personne n'avait voulu être son Quasimodo.

Valérie la bégayeuse arborait une perruque noire et deux ronds rouges peints par sa mère sur ses joues pâles. Alfred se disait que Jacqueline n'utilisait pas de poudre pour avoir des couleurs. Valérie avait brandi un micro et un disque de Mireille Mathieu, pris l'accent du Midi et fredonné : « Que l'on touche à la liberté et Paris se met en colère... » Elle n'avait plus bégayé, simplement chanté faux.

Sandrine avait caché sa bouche derrière un masque, préférant une tête de sorcière à un loup de satin. Le masque inspirait d'abord le dégoût, puis il mettait en valeur le corps de jeune fille, moulé dans une robe de laine bleue. André le silencieux avait emprunté un tablier de fleuriste à son père et chaussé de fausses lunettes prolongées d'un nez rouge, gros comme celui d'Alfred. Toute la soirée, avec peine, il avait tenu une brassée de glaïeuls. Alfred reconnaissait encore Arlequin et Colombine, Pierrot et Cendrillon, le pirate et la majorette.

Il s'était déguisé en Benoît de Villaforte, son frère aîné qui habitait Paris et oubliait de téléphoner à Jeanne. Ce soir-là, il avait été Benoît, le fils indigne et tant aimé, le beau garçon qui faisait des caprices et ne venait à Plaisance que lorsqu'il était à court d'argent. Ce soir-là, Jeanne était fière d'Alfred : il portait le smoking abandonné par Benoît dans une armoire quand il n'avait plus été à la mode.

Alfred avait aussi durci son comportement, marchant avec assurance, les bras le long du corps, la tête droite, le menton volontaire, la bouche fermée sur un air de mépris très drôle, qui ressemblait aux mimiques de son aîné. Le piano mécanique avait joué une valse. Les filles et les garçons s'étaient mis à tourner, tourner. Assise au premier rang, Jeanne s'étonnait de leur virtuosité à valser, ils paraissaient si gauches pour marcher. Alfred cherchait sa cavalière, Bécassine était en retard.

Jacques le directeur avait rechargé l'instrument mécanique, et Alfred en pleurait. Il avait identifié le *Clavier bien tempéré,* dans une version simplifiée, mais si belle. Les autres chahutaient, abîmaient la musique tandis que le piano sans pianiste mangeait, une à une, les plaques de carton ajouré. Aussi la pièce s'était achevée dans un claquement sec et sans applaudissements. Alfred en était contrarié.

Il avait grimpé sur l'estrade, salué le public, et lancé : « Vous avez pas assez applaudi. C'est normal, il faut un pianiste... Vous voulez bien, Monsieur le Directeur? » Comme dans les concerts à la télévision, il s'était installé sur le tabouret jusque-là inutile. Il avait gardé les mains longtemps suspendues, attendant le coup de baguette d'un chef d'orchestre invisible. Soudain, les notes s'étaient envolées, poursuivies par les doigts d'Alfred. Bientôt, il avait caressé les touches, essayant de prévoir lesquelles, des noires ou des blanches, allaient le surprendre.

Jacques le directeur s'était installé près de lui, l'observant d'un œil étonné. Jeanne aurait bien aimé intervenir, mais elle s'était laissée aller à rêver. Le silence était tombé sur l'assemblée. Danièle, Jojo, Valérie, Sandrine, tous avaient eu les yeux fixés sur le dos qui ondulait, sur la tête qui dodelinait, sur les mains qui ressemblaient à des ailes d'oiseau. Alfred s'était senti beau. Après le claquement sec, il avait consenti à se lever, à poser un œil de velours sur son cher public. Il s'était cassé en deux dans un salut magnifique. Les parents avaient applaudi très fort, et pas seulement pour se réchauffer.

Bécassine était arrivée pendant qu'il jouait. Elle lui avait adressé un signe joyeux, du dernier rang. Sous son long manteau cerise,

Alfred devinait la jupe verte, les bottes rouges. Il avait descendu les marches, volé deux glaïeuls à André. Sans regarder Jeanne qui lui parlait, il s'était avancé vers la jeune fille aux joues roses.

Soudain, Alfred avait regretté de ne pas savoir écrire. Léone Rachol l'avait vu; prise de peur, elle s'était levée. Elle avait tiré sa fille par la main. Dans le film de la télévision, le héros griffonnait à la hâte quelques mots sur un papier et le glissait dans la main de l'héroïne. Mais ça n'était pas de la télévision. Tirée par sa mère, Bécassine était partie sans rien dire. Alfred l'avait laissée s'enfuir puisqu'il ne savait pas écrire.

Devant le mur du cimetière, Alfred formula ce qu'il allait faire : « Je vais apprendre à écrire. Je vais t'écrire, Jacqueline. » Il marcha de nouveau entre les tombes, le haut du corps en avant, les membres raidis par sa volonté. Il passa devant le gardien qui l'observait d'un air de commisération insupportable.

Alfred croisa Ahmed-Philippe, qui traînait derrière lui son marteau piqueur. Le harki lui lança un « Salut! » sonore. Il lui répondit d'un sourire en marchant dans sa trace. Le sillon noir ressemblait à un filin d'acier. Comme un funambule, Alfred écartait les bras, dérapant parfois sur le verglas. Il s'appliqua à demeurer ainsi en équilibre, jusqu'à son car.

7

Edouard ne savait pas s'il souhaitait sortir. Il avait enfilé son manteau, par habitude. Chaque matin, Lou frétillait entre ses jambes, levant vers lui ses yeux de biche, couchant ses oreilles en signe d'amour. « Oui, oui, Lou, on y va. » Sans y penser, Edouard accrocha la goupille de la laisse à l'encolure du bâtard qui jappa de bonheur. Ses bottes l'entraînèrent à la grille que le chien ouvrit d'un coup de tête.

Même si Edouard ne montait pas à cheval, il aimait porter le costume de cavalier qui lui rappelait son père. Il l'avait peu connu, mais il conservait de lui une image obsédante : son père était toujours en culotte de cheval et bottes, qu'il rentrât de manœuvres ou qu'il se reposât au soleil, devant la tour est du château des Loups, en attendant la guerre. Le temps avait passé, le château était vendu depuis des lustres. Son père avait trouvé la mort dans un camp de prisonniers bombardé par erreur, il n'était resté de lui que ces bottes. Edouard les avait rangées dans une armoire et laissées là pendant quarante ans. Mais depuis qu'il ne sillonnait plus la France dans sa voiture de fonction, depuis qu'on ne le rémunérait plus au kilomètre de barre de fer vendu, il se reconnaissait le droit de les chausser enfin.

Edouard était heureux, non pas seulement à cause des bottes. Non pas seulement parce qu'il avait atteint son but : élever ses enfants en gagnant sa vie, offrir un pavillon à Jeanne, être le premier des Villaforte à travailler vraiment, comme tout le monde. Ce matin, il était heureux qu'Alfred lui eût dit : « Il faut que j'écrive. Pour ma Bécassine. Père, apprenez-moi à écrire. »

Edouard avait jaugé le sérieux, la volonté, la tension intérieure qui mûrissaient son fils, avant de répondre : « Mais oui, Alfred, nous allons t'aider. D'ailleurs, tu sais déjà écrire ton nom, n'est-ce pas? » Alfred s'était mis à rire. Son corps avait été secoué de spasmes, ses bras, ses jambes s'étaient agités. Il avait quitté la table et gagné sa chambre encombrée de plantes vertes. On entendait ses pas sur le plancher : il tournait, et sa voix traversait la cloison trop mince. Sa voix vite couverte par les accents joyeux d'une musique de danse.

Edouard était bouleversé, comme les autres. Pierre, son benjamin, si lointain depuis qu'il était devenu animateur de la radio libre des Trois Châtels, avait proposé d'aider son frère. Jeanne avait parlé, parlé. Elle disait : « C'est de la comédie. Ne le prenez pas au sérieux, vous ne lui rendez pas service. Quand il comprendra qu'il ne suffit pas de vouloir pour pouvoir, ce sera terrible. » Edouard s'offrait pourtant l'espoir. Pendant vingt ans, Alfred avait refusé de tenir un crayon, depuis la soirée où il avait piqué cette crise de nerfs qui l'avait condamné aux calmants pour le reste de ses jours. Edouard marchait, dans la cité pavillonnaire blanche de neige. Il se laissait tirer par Lou sur le chemin qui mène au bief, ressentant confusément quelque chose de grand.

La maison était vide, Edouard mettrait une heure à promener son chien, Pierre se trouvait à Villefranche, au siège de sa radio libre, Alfred travaillait au Centre. Jeanne pleurait en descendant au sous-sol. Chaque fois qu'un événement la bouleversait, elle descendait au sous-sol, les bras chargés de linge et poussait la porte de la chambre interdite.

La clef demeurait dans la serrure, mais personne ne pénétrait dans cette pièce réservée à Jeanne. Elle fit pression du coude sur la poignée, poussa la porte avec son genou. A l'intérieur, sur la table de salle à manger bancale, sur les fauteuils rouges déchirés aux accoudoirs, sur le buffet blanc à la laque écaillée, des montagnes de linge de toutes les couleurs répandaient une odeur de vomi, de merde et de moisissure.

D'un coup d'œil, Jeanne identifiait les rideaux, les dessus-de-lit, les coussins, les nappes, les serviettes de table et de toilette, les manteaux, les blousons, les chemises, les corsages, les jupes, les pantalons, les sous-vêtements de femme, d'enfant et d'homme, les cravates et les couches. Sur chaque pièce, elle avait le pouvoir de mettre un millésime, et de faire aussitôt défiler dans sa mémoire, une scène de sa vie. Il y avait du linge pour tenir une maisonnée pendant un an, des tas qui ressemblaient aux monts du Beaujolais.

Jeanne s'affala dans un fauteuil rouge. Elle disparut, au milieu du linge agité de hoquets. Elle râla comme une bête blessée. Plus jamais Alfred ne porterait ce bleu de travail qu'il avait mis pour enterrer les femmes Rachol. Ni ce pull presque neuf qu'il aimait pour sa couleur rouge, ni ces sous-vêtements achetés la semaine dernière. Jeanne empila le linge sur la plus haute crête.

Quelque part, enfouie sous la montagne la plus ancienne et la plus odorante, se trouvait la première barboteuse d'Alfred. Elle l'avait gardée, comme ça, sans savoir quel en serait l'usage mais elle avait refusé de s'en séparer. Elle pressentait qu'un jour, elle la sortirait d'une armoire, pour en faire le premier élément de cette construction étrange, au parfum entêtant.

Jeanne n'oublierait jamais ce jour où il avait fallu hospitaliser son petit garçon. Elle avait cru que tout s'arrangerait, que cet enfant né trois mois d'avance, comblerait ses années de retard. Mais tout s'était brisé. Elle était tombée sur un médecin fatigué, qui lui avait dit ce que tous les autres lui taisaient : « Alfred ne sera jamais comme les autres. » Il avait ajouté qu'il ne pourrait pas suivre une scolarité normale. Il était temps, à sept ans, de le retirer de la maternelle. Sa présence perturbait les petits. Il pourrait y rester toute sa vie, sans savoir comme ses camarades, dessiner ces bonshommes à grosse tête et aux membres en forme de branches, qui faisaient pleurer de bonheur leur maman si fière.

Ce 4 mars 1965, Jeanne avait ressenti une fêlure dans son cœur. Toute la journée, elle était restée au lit, les yeux fixés sur le lustre de la chambre. Le soir, Edouard s'était allongé à côté d'elle. Jeanne avait attendu qu'il se fût endormi et que s'arrêtassent les bruits de la maison, avant de se lever en silence. Elle s'était d'abord rendue dans la chambre de Margot, son aînée, puis dans celle de Benoît, son préféré, dans celle d'Alfred enfin, le pauvre petit. A tous, elle avait volé leur linge, et à Alfred, sa première barboteuse. On habitait La Mie-au-Roy. Margot n'avait pas encore épousé Michel, le voisin. Benoît demeurait à la maison et Pierre naîtrait plus tard. Jeanne avait enfermé le tout dans ses armoires, ne disposant pas encore de la chambre interdite.

Elle avait souvent recommencé. Le jour où Benoît avait quitté la famille, pour étudier dans une école militaire, elle avait volé la nappe rouge et blanche de la salle à manger, et sa robe tout imprégnée aux aisselles de son odeur de peur. Le jour où Margot avait annoncé ses fiançailles avec Michel le voisin, elle s'était sentie jalouse, au point de dérober la jupe que sa fille aimait tant mais qui, d'après Jeanne, était provocante. Elle avait ajouté, pour satisfaire son sens de la justice, sa propre robe à fleurs et sa capeline. Le jour où Alfred avait taché ses draps de petit homme, lui qui ressemblait à un enfant de huit ans, elle avait volé et enfermé le pyjama souillé. Entre-temps, Pierre était né. Jeanne avait beau l'aimer, reconnaître qu'il était intelligent, beau, normal, elle continuait à voler le linge.

On avait dû déménager. Edouard recevait la responsabilité du bureau lyonnais des barres de fer Mix. Mais Jeanne refusait de faire venir les hommes pour remplir les cartons de vaisselle, de livres et de linge. Edouard l'avait surprise dans la chambre de Benoît, assise comme une petite fille, jupe relevée sur les genoux, jambes repliées en arrière, sur un plateau de linge multicolore. Les armoires verrouillées, les penderies condamnées avaient d'un coup livré leur secret. Edouard s'était abstenu de tout commentaire. Simplement, à Plaisance, dans ce pavillon semblable aux autres, il avait réservé une pièce pour Jeanne.

Elle ne pleurait plus, l'odeur l'avait détournée de sa peine. La tête enfouie dans un cocon d'étoffes, Jeanne se laissait aller à dormir. Plus tard, elle se leva d'un bond, songeant qu'il lui faudrait rattraper ce retard. Mais le jour de la grande lessive n'était pas arrivé et Jeanne mit le report de l'échéance sur le compte de sa paresse.

Edouard lui avait soufflé cette excuse, reprise bientôt par Pierre, Margot, Benoît, et même Alfred. Il arrivait qu'à table une plaisanterie fusât sur la paresse de Jeanne, tentative timide pour exorciser son étrange habitude.

8

Pierre lisait l'article du *Progrès* sans s'interrompre, comme Alfred le lui avait demandé, affirmant que bientôt il saurait lire et même écrire. Pour la troisième fois en une semaine, Pierre avait déplié la page du journal qu'Alfred conservait dans une serviette de plastique noir. « Brouillard et verglas à Villefranche », avait récité Alfred. « La voiture de Mme Rachol plonge dans la Saône. Elle se noie. Sa fille disparaît. » Il possédait une bonne mémoire.

Pendant que Pierre racontait l'accident à voix haute, Alfred détaillait les photographies qui illustraient le fait divers. La plus grande montrait Rachol dans ce costume noir à rayures qu'il portait pour l'enterrement et pour les cantonales. Le maire conseiller général découvrait ses dents d'or qui, dans le journal, paraissaient noires. Le second document représentait Rachol et Léone le jour où ils avaient reçu le prix du Meilleur beaujolais. Debout sur un podium, Rachol brandissait son fameux Pierres Dorées 1982 en faisant le V de la victoire. Léone, devant lui, paraissait toute petite. Elle ressemblait à Bécassine.

« Bois ta grenadine », lui lança Pierre, pour interrompre la main d'Alfred qui battait sur la table. Il buvait, ses lèvres rougissaient. Sur la troisième photographie, Rachol conduisait la Land Rover blanche. Léone était assise à côté de lui et on apercevait, à l'arrière-plan, la façade du château jaune. Pourquoi n'y avait-il pas de photo de Bécassine? Alfred pressentait la réponse : elle n'était pas morte, et dans le journal, à la page des faits divers, on ne publiait que la photo des morts et des assassins.

Pierre supportait mal le regard insistant de leurs voisins. Pourtant, lui aussi observait Alfred. Son visage triangulaire, ses oreilles mobiles et transparentes lui donnaient l'allure d'un petit animal. Il clignait régulièrement l'œil gauche, remontant sans cesse ses lunettes d'écaille et plissant son gros nez. Le nez d'Alfred était devenu difforme quand, à quatre ans, l'enfant apprenait à marcher en se tenant aux meubles. Il avait renversé la tablette d'un lampadaire bancale. Le cendrier de bronze était tombé sur son nez. Le sang avait jailli. On ne l'avait pas conduit à l'hôpital. Les os s'étaient ressoudés comme ils avaient pu. Jeanne avait soigné son fils d'un coup de gant de toilette.

Dans le bar, tout le monde regardait le nez et Pierre aussi. Mais Alfred ne s'en souciait pas. Il était content. Il replia la page du *Progrès* et la rangea dans sa serviette en répétant : « Jacqueline, elle est pas morte. Pierre, apprends-moi à écrire. Je veux lui écrire. Elle me répondra puisqu'elle est vivante... » Alfred s'énervait. Les autres ne le quittaient plus des yeux. Pierre eut soudain honte. Pour calmer son frère, il lui donna une tape dans le dos aux omoplates saillantes. La secousse fit plonger le gros nez d'Alfred dans la grenadine.

Alfred se sentit devenir clown. Il toussa, suffoqua, éternua encore. Il se leva, mit les poings sur les hanches, comme faisait si souvent leur mère. Il simulait la colère, remuant la tête à droite, à gauche, allumant un œil malicieux. Il dit : « Ah, c'est malin, c'est malin ce que t'as fait là. » Des fossettes irrésistibles apparurent sur ses joues maigres. Son nez rouge s'allongea et les gens furent secoués de rire. Pierre et Alfred s'empressèrent de quitter le bar.

Edouard feignait de travailler dans son bureau aux murs mauves. Il avait demandé que personne ne le dérangeât, affirmant : « Je veux terminer ma reconstitution de carrière. » Il fumait sa pipe en écoutant les bruits, l'oreille collée à la cloison couverte de tableaux d'ancêtres. De l'autre côté, Pierre donnait sa première leçon à Alfred. Edouard redoutait d'entendre ce long cri que poussait son fils quand il libérait ses nerfs. Mais tout paraissait calme. On n'entendait que le pépiement de Puce, le moineau qu'Alfred avait trouvé gelé à la porte du garage.

Edouard mordillait sa pipe sans oser comprendre. Son regard traversait le portrait de François de Villaforte, l'arrière-grand-père couvert de croix et de médailles. D'autres tableaux aux cadres dédorés écrasaient la pièce, mais Edouard avait tenu à les réunir tous dans son bureau mauve au plafond bas sans moulures. Il prenait ses ancêtres à témoin du miracle qui paraissait s'accomplir. Il collait l'oreille à la cloison, la main agrippée à la main peinte de François le consul. Il lui semblait percevoir, outre le pépiement de Puce, le souffle régulier d'Alfred, attelé à son travail comme à une charrue.

Jeanne était prise de court, on avait cédé trop vite. D'habitude, quand Alfred demandait quelque chose, on attendait de savoir si c'était sérieux avant de le satisfaire. On avait ainsi évité de l'inscrire en colonie de vacances et d'aller le rechercher le lendemain : il ne supportait ni la promiscuité, ni l'éloignement de sa mère. On avait encore économisé l'achat d'une bicyclette, l'inscription à un club huppé d'équitation, et tant d'autres erreurs. Alfred voulait apprendre à écrire, la blessure de sa mère se rouvrait.

Jeanne dédaigna la chambre interdite, préférant prendre sa voiture. Elle ne pensa pas à se recoiffer et attrapa son sac qui contenait le carnet de chèques. Elle roula jusqu'à Villefranche, tous feux éteints. Elle ne vit pas les autres, en face, qui lui adressaient des appels de phares.

C'était nocturne au supermarché. Jeanne déambula dans le magasin et s'arrêta devant tous les étalages de linge. Elle acheta des slips, des culottes, un soutien-gorge, une jupe et un chemisier pour elle, un pantalon taille 42 pour Pierre, un autre, taille 50, pour Edouard. Un bleu de travail, taille 16 ans pour Alfred.

Elle bourra son chariot de chemises et de chaussettes avant de gagner la caisse à l'heure de la fermeture, et de remplir un très gros chèque, comme une somnambule. Dans la voiture, Jeanne chercha à se rassembler. Le linge sentait bon le neuf à l'arrière. Elle sortit du vide-poches les cigarettes blondes de Pierre, tira une longue bouffée. Elle alluma l'autoradio et ferma les yeux. Une chanteuse à la mode réchauffait l'habitacle. Des papiers traversaient le parking en crissant. Les néons du supermarché clignotaient. Un employé à moustaches recueillait les chariots qui tintaient dans la nuit comme des breloques. Jeanne rentra.

Devant la maison, Edouard avait allumé le porche. Elle sortit un à un les paquets et les cacha dans sa chambre. La lumière filtrait sous la porte d'Alfred et sous celle d'Edouard. Elle tendit l'oreille mais tout paraissait calme : Alfred travaillait encore. Une nouvelle fois, Jeanne se sentit prise de court.

Elle se demanda si elle n'avait pas commis l'erreur d'administrer à son fils deux séries de huit gouttes au lieu d'une. Non, Alfred maîtrisait ses nerfs. Il apprenait à écrire. Jeanne retourna dans sa chambre. Elle entreprit de dépiauter les sacs et d'enlever les épingles des vêtements neufs.

Cette nuit, elle allait s'endormir tout de suite, sans voler leur linge.

9

Rachol enfila sa salopette, ses bottes et sa grosse veste de paysan. Il se sentait soulagé, après une nuit difficile, hantée de cauchemars qu'il avait oubliés mais qui laissaient dans son cerveau une place vide, un peu gluante.

Il ne chercha pas à fouiller sa mémoire, sa nature étant d'appartenir tout entier au costume qu'il s'était choisi. Quand il portait le complet noir à rayures, Rachol était le maire de Plaisance. Il serrait les mains qui représentaient des voix, écoutant les doléances dans le château féodal aménagé en mairie. Quand Rachol mettait son smoking à revers de satin, il devenait l'empereur de la gastronomie régionale, le prince lyonnais du *show-business*, le seigneur de la nuit entre Rhône et Saône. Dans sa salopette, ses bottes et sa grosse veste,

Rachol se sentait paysan jusqu'au fond de lui-même et cette tenue le rassurait.

Il oublia sa nuit. Il roula entre les vignes qui lui appartenaient à perte de vue et son visage retrouva son humanité. Il possédait quatre-vingts hectares de vignoble, le tiers des terres de la commune; il jouissait surtout de ces quarante hectares, qui produisaient un vin charnu, généreux, robuste, de belle robe grenat, au goût de terroir inimitable. L'un des rares vins du pays à se boire vieux. Rachol se détendait : cette terre qu'il aimait lui appartenait et l'idée de l'amour détruisait en lui toute bestialité.

Il descendit de la Land Rover, marcha entre les rangées de ceps qui convergeaient vers le fond de la vallée. Rachol pensait aux travaux à venir. Dans quelques jours, on ferait le greffage. On déchausserait les sujets sans noyer le greffon dans les pleurs.

Il sortit un carnet et un crayon de sa salopette blanche de boue. Il marcha dans les rais, notant : « Prévoir le labour, le débuttage, dix centimètres de profondeur, pas plus. » On aérerait le sol, on détruirait les mauvaises herbes, on épandrait la fumure près des souches. Rachol écrivait, marchait, s'arrêtait. Il pinçait une branche, cueillait un embryon de feuille, l'auscultait, le fourrait dans sa poche. Il donnait un coup de pied dans la butte : les ceps n'avaient pas trop souffert du gel.

« Reprendre l'expérience de l'an passé sur le demi-hectare du Bout du Monde. » Ce serait peut-être l'avenir du Beaujolais... Personne ne voulait le suivre. Ils attendaient les résultats, prêts à prendre le train en marche s'il réussissait. Mais il allait leur montrer, continuer, gagner. Rachol s'était lancé dans la non-culture à petite échelle, pour voir. Derrière les Pierres Dorées, il avait remarqué que la vigne en treille prospérait sans que personne s'occupât d'elle. Il s'était pris à rêver qu'on pourrait tester cette technique et l'améliorer. On économiserait de la main-d'œuvre, du carburant, du matériel, du temps. On éviterait l'érosion du sol en pente, on conserverait les racines et les ceps puisqu'il n'y avait plus de charrue.

L'an passé, Rachol s'était rendu en Autriche, en Suisse pour voir les vignobles couverts d'herbe semée en août et jamais labourée : il avait été impressionné par les résultats. A son tour, il essayait sur le demi-hectare du Bout du Monde, de vieilles vignes propices à une expérience progressive. Dans la région, on le prenait pour un original, un capricieux qui s'offrait le luxe absurde de détruire un demi-hectare de récolte. Mais cette année, ils allaient voir, aux vendanges.

Rachol notait à la rubrique « Bout du Monde » : « Détruire l'herbe aux gels de printemps : se rendre en Alsace chez Grosswiller pour comparer. » Le nez dans son carnet, il marchait, le pas lourd, comme un paysan. Soudain, ses bottes s'arrêtèrent près d'un banc de pierre. Ses bottes avaient dû compter les pas depuis la route.

Il souleva les pans de sa veste, s'assit, écrivit encore : « Bientôt, le SIMA, faire réserver une chambre au Concorde-Lafayette. Impossible de manquer le Salon international de la Machine agricole. Prendre rendez-vous avec l'ingénieur de Montpellier. Étudier avec lui les machines à vendanger. » Le carnet était à jour, Rachol s'estimait satisfait. Il regarda la plaine brune, sa plaine. Bientôt, elle verdirait en se couvrant de feuilles. Il ne parvint pas à sourire et se demanda pourquoi. La Saône lui rappelait son malheur.

Il tenta de résister mais il sut que c'était perdu d'avance. Déjà, ses bottes devenaient autonomes, sa grosse veste glissait comme sa salopette. Très vite, il se retrouva nu, grotesque sur le banc de pierre, à regarder la Saône.

Il ne se sentait plus paysan puisque le costume ne le protégeait plus de sa mémoire. Il rentra chez lui pour se changer.

10

Dans son costume noir à rayures, Rachol vécut une mauvaise journée. Il avait fait rouvrir la mairie et ses administrés, plus curieux que quémandeurs, étaient venus le voir. Ils lui avaient reparlé de la nécessité d'installer un passage clouté sur la nationale 6. « Et un feu tricolore, pour en finir avec l'hécatombe... » Trois bigotes avaient été écrasées l'année dernière, et déjà une, début janvier. Rachol avait entendu les mots « accident », « responsabilité », « criminel ». Il les avait pris pour lui et s'était mis dans une rage folle. Il lui semblait lire dans leurs yeux toutes les questions qu'il refoulait : ne se sentait-il pas responsable de l'accident de la Mercedes? Jacqueline, sa fille, était-elle bien morte? Et lui, n'éprouvait-il pas au moins de la tristesse?

Il ne supporta plus leurs regards. De nouveau, le costume ne faisait pas l'affaire. Il renvoya tout le monde, sans décider du sort des bigotes. Il ferma la mairie et remonta au château jaune. Il voulait se changer et enfiler son smoking noir.

Sa vraie réussite se trouvait à Lyon. Rachol avait placé des rabatteurs dans la zone industrielle de Chassieu et dans le centre commercial de la Part-Dieu. Des étudiants, des chômeurs, distribuaient ses cartes de visites dans les rues, les boutiques, la cour des usines où se croisaient des bataillons d'hommes d'affaires, surtout des Allemands. Sur le bristol, il avait fait imprimer en lettres roses le nom de sa boîte de nuit : Le Pied de cochonne. Une photo représentait une serveuse sexy en collant rose, un masque de truie sur le visage.

Rachol avait transformé son bouchon spécialisé dans le pied de porc en petit « Moulin rouge » de province, avec quelque chose de gras en plus. Le chiffre d'affaires avait monté en flèche depuis deux ans. Bien sûr, il n'était plus distingué par les guides gastronomiques, mais il s'offrait de la publicité dans *le Progrès* et *Libération*, à la page des messages cochons.

Les hommes d'affaires, surtout les Allemands, traversaient le Rhône pour manger ses pieds de porc et regarder danser ses cochonnes.

Ils attendaient, dehors, en rang par deux, comme tous les soirs. Un néon rosissait leur visage de fêtards. Rachol se sentait mieux quand il prit l'entrée des artistes. Il déboucha sur scène et tapa dans ses mains. La belle Sandra apparut derrière le rideau rose. A force d'ambition et de complaisance, elle était devenue gérante. Elle ne portait pas de masque de truie, un privilège. Sandra souffrait de claustrophobie, mais elle acceptait quand même de s'isoler avec le patron dans les toilettes.

Dehors, la rumeur enflait. Ils allaient entrer. Rachol fit un signe et une dizaine de cochonnes, oreilles basses, nez carré, fesses cambrées piquées d'une queue en tire-bouchon s'égayèrent entre les tables. Murmures, craquements de chaise, hommes rouges, costumes sombres. Rachol prit Sandra par l'épaule et la poussa derrière la petite porte. Il avait conçu lui-même le costume des filles. Elles ne le trouvaient pas pratique : elles devaient se faire aider par une copine pour baisser ou monter la fermeture à glissière. Mais Rachol l'avait voulu comme ça, pour le plaisir de tirer sur le petit rectangle de fer et d'entendre le « zipp » à l'instant où s'opérait la mue : Sandra perdait sa peau de cochon rose, dévoilant son dos presque blanc, sa taille fragile, ses hanches de femme. Il écartait le tissu élastique, dégageait les rondeurs de sa maîtresse et l'obligeait à se cambrer pour un rapport bref, hebdomadaire. Rachol quittait ragaillardi les toilettes tandis que Sandra s'effondrait, lasse, sur la lunette.

Le patron s'était aménagé un bureau au premier, près de la loge des artistes. Pendant le spectacle, il se plaisait à faire les comptes. Sur le mur, un graphique représentait la progression du chiffre d'affaires, constante depuis deux ans : de trente-cinq mille francs par mois, on en était à plus de deux cent mille. On atteindrait trois millions de francs l'an prochain, ce qui dégagerait un bénéfice net de huit cent mille francs à réinvestir dans les vignes. Rachol se prenait à sourire en lissant le revers de satin de son smoking. Il fournissait son propre vin à son restaurant qui lui ouvrait un marché en Angleterre, au Benelux et surtout en Allemagne.

En bas, le spectacle avait commencé. La

musique devenait sirupeuse et l'on entendait les applaudissements. Le patron ouvrit l'espèce de périscope qui servait aussi de cendrier. Dans l'oculaire, toute la salle lui apparut, déformée par le grand angle. Naf Naf achevait son numéro rapide de nu intégral et Rachol jetait un regard distrait aux tables. Partout, des hommes gras, fatigués, le crâne chauve, en costume sombre; quelques couples illégitimes aussi; Sandra qui souriait vers l'œil camouflé dans les moulures rococo du plafond, Sandra dont il voyait les rondeurs sous une perspective étrange. Elle donnait des ordres brefs aux cochonnes qui servaient ses pieds de porc, ses fromages de chèvre et ses beaujolais les plus chers.

D'habitude, la petite table du fond demeurait vide, la vue y étant gênée par un pilier. Aujourd'hui, elle se trouvait occupée par un homme et un adolescent. Rachol ne distinguait pas leurs visages, mais il remarqua leur tenue peu courante : smoking et nœud papillon. Intrigué, il sortit de son bureau, descendit l'escalier, pinça les fesses de Naf Naf qui montait, en sueur. Il alla coller l'œil contre le miroir sans tain de la cuisine où s'affairaient deux garçons coiffés d'une toque. Un couple d'homosexuels choisis exprès, pour ne pas foutre le bordel chez les filles.

Rachol sursauta, il avait reconnu ses clients : Alfred de Villaforte, ce nigaud qui avait fait du scandale au cimetière. Il détailla le visage en triangle, le gros nez, les cheveux pleins d'épis, les mains qui s'agitaient comme celles de Jacqueline. Edouard, lui aussi, portait un smoking. Rachol ne le connaissait qu'habillé en cavalier, et toujours à la recherche de son cheval.

Le patron s'écarta de la glace et claqua des doigts. Gustave, l'apprenti, était déjà près de lui avec un Pierres Dorées 1982, sa grande année. Il prit la bouteille, le verre et se servit à ras bord. Il avala d'un trait, marchant vers les assiettes prêtes à être emportées par les cochonnes. Elles entraient, sortaient, remuaient de la croupe en faisant danser la porte western. Rachol vola deux rondelles de saucisson chaud aussitôt remplacées par les cuisiniers. Il but, mangea, but encore.

Plus tard, il plaqua de nouveau l'œil contre le miroir. Les deux hommes avaient disparu. Leurs assiettes demeuraient à moitié pleines et quelques billets noircissaient la nappe. Pourquoi étaient-ils partis si vite? N'avaient-ils pas aimé la nourriture, le spectacle?

Rachol chassa cette coquetterie de patron de boîte. Il ne les verrait plus et c'était l'essentiel.

11

Chez les Villaforte, on ne parlait pas de ses problèmes intimes. Il fallait que cela fût grave pour transgresser la règle. « Maman, j'ai mal au chexe. » Alfred qui prononçait correctement les « s » n'arrivait pas à dire « sexe », mais sa mère avait compris. Son fils présentait un regard implorant, un sourire pathétique, une allure encore plus bossue que d'habitude. Sa main tripotait sa braguette.

Jeanne oublia qu'elle n'avait pas vu Alfred nu depuis des années. Il se lavait tout seul. Deux fois par semaine, il plongeait dans un bain de mousse destiné à le décrasser en profondeur. L'unique opération qu'il était incapable d'exécuter lui-même, c'était le rasage. La première fois, Edouard l'avait laissé faire avec un outil mécanique mais Alfred était sorti de la salle de bains les joues en sang. Même avec un rasoir électrique, il trouvait le moyen de s'écorcher la peau.

Jeanne lui commanda de se déshabiller. Le jeune homme leva une jambe, s'appuyant sur le bord de la baignoire. Il tenta de passer le tuyau du pantalon autour de la chaussure. Sa mère s'énerva. Elle arracha la chaussure sans la délacer. « Ote le reste. » En laissant glisser son slip jusqu'à ses pieds, Alfred se sentit flotter, comme chez le docteur. Jeanne sursauta : cet être si frêle avait un sexe d'une longueur imprévisible. Son fils gardait les yeux dans le vague et ses mains s'agitaient. Il croisa les bras, ses mains s'agitaient toujours...

« Allez, dégage-le bien. » Jeanne observait la pigmentation de la peau délicate. Un frottement, une irritation provoquée par un frottement. Elle s'empara d'un tube de crème dans l'armoire à pharmacie. Les bras d'Alfred retombèrent. Il frissonnait, ne sachant pas quoi faire. « Ça va pour aujourd'hui, tu as déjà moins mal, n'est-ce pas? » Alfred se cassa en deux, il remontait déjà son slip, un sourire béat aux lèvres, mais Jeanne chercha son regard fuyant en se passant les mains sous l'eau : « Comment as-tu attrapé ça? Tu jouais avec, hein, dis-le-moi. » Le jeune homme fit « non » de la tête. Il murmura : « C'est pas moi, mère, je vous jure... C'est Sandrine. »

Une affaire d'hommes. Jeanne en parla à Edouard, qui accusa le coup. Il n'imaginait pas son fils avec une fille. Pour la famille, Alfred s'apparentait à un ange. Il avait passé une puberté sereine, sans jamais poser de questions, sans ces affreux boutons qui avaient défiguré Benoît et Pierre. A vingt-sept ans, Alfred prenait son plaisir ailleurs. Il écoutait de la musique religieuse ou des chansons à la mode, il feuilletait les albums de Bécassine.

L'héroïne de Clocher-les-Bécasses n'était pas spécialement sensuelle. Edouard se rappelait sa propre déconvenue quand, à douze ans, il avait chipé les albums de sa sœur. Il avait tourné les pages très vite, à la recherche d'une scène scabreuse qui n'apparaissait pas. Bécassine se lavait tout habillée; Loulotte dormait dans un pyjama bleu à rayures blanches; jamais on n'apercevait un bout d'épaule ou un morceau de cuisse. Alfred était bien un ange. D'ailleurs, s'il se disait amoureux de Jacqueline Rachol, il la comparait à Bécassine.

Jeanne s'énerva, elle cria : « Il faut faire quelque chose. » Elle proposa un flot de solutions : alerter les parents de cette Sandrine; lui faire prendre la pilule; en parler au directeur du Centre, au médecin, au psychologue, au curé de Plaisance. « Une affaire d'hommes », répéta Jeanne en descendant au sous-sol.

Edouard tournait le problème dans sa tête. Ça n'était pas dans sa nature d'aborder de front les obstacles. Il trouva quand même la solution. Rachol avait inondé le village de billets à tarif réduit pour sa boîte de nuit, il espérait ainsi augmenter ses chances aux cantonales. Ces billets allaient servir : Le Pied de cochonne était l'endroit idéal pour parler de ces choses.

Alfred détaillait toutes les nuances de rose sur les murs, sur les tables, sur les costumes des serveuses, sur le rideau de la scène, et jusque dans les toilettes. A chaque couleur qu'il montrait du doigt, son père déclinait : « Pâle, passé, saumoné, orangé, bonbon, lilas, framboise, chair... » Alfred était heureux, il portait le smoking de Benoît. Il se permettait de prendre des poses, coudes sur la table, menton en galoche sur ses mains jointes, presque immobiles. Il soupirait fort, comme un homme.

Sandra s'approcha d'eux. Elle demanda à Edouard si le garçon était majeur. Mais Alfred haussa les épaules en jetant un regard dédaigneux à la fille : « J'ai vingt-sept ans » répondit-il en détachant les syllabes et en plissant l'œil gauche d'une manière égrillarde. Edouard avait choisi la table la plus éloignée de la scène, et la plus discrète. Son fils voyait mieux de loin, et cette situation paraissait la meilleure si Alfred avait une crise. On ne ferait pas de scandale, on s'en irait sans déranger personne.

Le jeune homme ne mangeait pas, il trouvait son pied de porc trop gras. Pourtant, Edouard le lui avait coupé en tout petits morceaux. Mais Alfred préférait regarder l'estrade éclairée d'un projecteur violet. Une fille à tête de cochon se déshabillait en musique. Sandra l'avait présentée au micro : « Naf Naf, la reine des effeuilleuses. » Alfred connaissait, il avait demandé très fort : « Où est le grand méchant loup? » Leurs voisins l'avaient regardé, stupéfaits, avant d'éclater de rire. Edouard avait masqué sa gêne.

Son fils reprit son sérieux, l'artiste faisait glisser la bretelle de son soutien-gorge lilas. Les mains d'Alfred s'agitèrent. Il semblait ému, intrigué. Tout allait bien, Jeanne s'était trompée, Edouard tapota l'épaule de son fils. Mais Alfred se déroba, il retrouva son calme. Naf Naf venait pourtant de libérer ses seins qui vibrèrent comme deux grenades. La fille maintenant, se tournait, pour faire glisser sa culotte rose et, dans le silence, on entendait le souffle court d'un gros Allemand, à demi dressé sur sa chaise.

Naf Naf avait fini. Elle salua, son linge serré entre ses doigts vernis. Les hommes applaudissaient. Alfred regarda son père en soupirant : « Pfuitt... C'est de la triche... Elle se déshabille même pas complètement. » Edouard l'observait sans comprendre.

Son fils se fâcha : « Pourquoi elle garde un masque sur la figure, hein? Elle est comme Sandrine... Elle enlève sa culotte mais elle veut pas montrer sa bouche. »

12

Ils marchèrent le long de la Saône. Un soleil blanc crevait les nuages et les plaques de neige achevaient de fondre. Edouard sentit battre ses tempes. Soudain : « Raconte-moi, pour Sandrine. »

« Ça t'intéresse, hein? » Pour la première fois, Alfred tutoyait son père. Il aimait le vouvoiement d'habitude. Chaque matin il baisait les doigts de Jeanne, serrait la main d'Edouard avec une vigueur virile. Il parlait une langue pompeuse, malgré les écorchures de syntaxe. Alfred voulait ressembler au jeune aristocrate du feuilleton télévisé. Il n'en manquait pas un épisode. L'autre mettait toujours son smoking à l'heure du souper, baisait les doigts de sa mère, la vouvoyait en s'installant à table. Quand Alfred disait « vous » à ses parents, il devenait ce jeune homme de la télévision qui ressemblait à son frère Benoît.

Il tutoya son père : « Ça t'intéresse, hein? » – « Oui, ça m'intéresse... » Edouard se sentait prêt, s'il tardait encore, à le saisir par les épaules et à le secouer pour faire tomber les vérités. Mais le garçon raconta. Tous les jours, Sandrine l'entraînait aux toilettes pour lui montrer son chewing-gum rose. Elle lui arrosait les pieds d'urine chaude, elle mettait la main à sa braguette pour vérifier sa réaction, il prenait la fuite jusqu'au sapin bleu.

Alfred raconta. Il l'avait accompagnée dans son studio, l'autre soir. Elle voulait lui montrer un album de Bécassine. Sandrine qui était autonome, habitait seule une chambre équipée d'un coin cuisine et d'un coin salle de bains. D'ailleurs, ils étaient nombreux à habiter des studios semblables. Il y avait même des couples. D'ailleurs, Alfred aimerait bien vivre dans un studio semblable avec sa Bécassine. « Tu voudras bien, papa? » Edouard s'impatientait. Il répondit : « On verra quand on l'aura retrouvée... » Il relança : « Alors, elle voulait te montrer un album?... » – « de Bécassine, bien sûr que oui » reprit Alfred l'œil malicieux. « Elle était jalouse. Elle aimait pas que je lui parle de Jacqueline. Elle la trouvait pas belle... »

Il s'interrompit une fois de plus. Il demanda à son père si lui la trouvait belle. « Mais oui, mais oui, continue, je t'en prie... » Sandrine voulait « faire la paix » avec Alfred. Elle lui avait pris la main et l'avait conduit au premier étage de l'immeuble réservé aux pensionnaires du Centre. Dans le couloir, ils avaient croisé André le silencieux et Danièle, la petite maigre à lunettes. Ils rentraient chez eux. « Alors, on va baiser? » avait lancé Danièle à Sandrine qui avait répondu « ta gueule ». Elle avait ouvert sa porte et poussé Alfred à l'intérieur.

« Où est ton livre de Bécassine, Sandrine? » L'autre avait ri, fermé le verrou; elle avait noué le chiffon rouge autour de son cou et l'avait posé à plat sur sa bouche. Elle s'était avancée vers Alfred, en lui disant : « Aide-moi à enlever ma robe. » Alfred tremblait, ses mains n'y étaient pas arrivées. Sandrine l'avait rassuré : « C'est rien, je vais faire toute seule, j'ai l'habitude. » Le joli corps tout blanc avait ondulé sous ses yeux mais Alfred était obsédé par le chiffon : il tranchait le visage de Sandrine, comme une blessure.

Elle s'était approchée de lui et l'avait déshabillé : « Tu vas voir, ça fait du bien... Les autres font pas tant d'histoires. » Alfred se sentait flotter, comme chez le docteur. Sandrine s'était battue avec ses boutons de braguette avant de pousser des cris d'admiration : « Ce que t'es beau, ce que t'es beau, Alfred! Attends, je vais te faire encore plus beau... » Des larmes étaient montées aux yeux du jeune homme, il avait eu tout de suite mal. « T'es folle. Je saigne sûrement. » Mais Sandrine avait continué. D'une main experte, elle avait repoussé la peau : « Un phimosis, ça s'appelle. T'es un puceau, Alfred? Avec ta bite, c'est dommage. Allez, va te laver... »

Bouleversé, Edouard regarda son fils. Le jeune homme semblait s'amuser. « Tu veux que je continue, père? » Alfred le tutoyait, il se sentait un homme. « Mais oui, continue... »

Sandrine avait cassé des œufs sur la plaque électrique de son petit réchaud. « On va manger... Tu vas oublier que t'as eu mal. » Ils avaient dîné tous les deux, nus sur le lit. Sandrine soulevait régulièrement son chiffon rouge et faisait disparaître sa fourchette dans cette bouche mystérieuse. Alfred regardait son ventre rond qui s'ouvrait en rosissant. Il n'était plus nerveux, il mangeait son omelette, il oubliait son phimosis. Soudain, il s'était senti tout drôle. Sandrine avait éclaté de rire et posé les assiettes par terre. Elle s'était assise sur lui et l'avait englouti.

Elle avait dansé en lançant de petits cris étouffés par le chiffon rouge. Les ressorts du lit avaient grincé. Alfred éprouvait soudain de la honte : « Excuse-moi, Sandrine. J'ai pas pu me retenir. » Il repensait aux fessées de sa mère, quand, petit, il souffrait d'incontinence. Mais Sandrine lui avait dit que non, il n'avait pas pissé et que c'était bien. Ils s'étaient endormis, maladroits et enlacés.

Plus tard, elle l'avait obligé à se rhabiller vite, elle attendait quelqu'un. Il s'était retrouvé dehors. Il avait marché jusqu'à son car, comme un funambule.

« Tu l'aimes? » Edouard posa cette question qu'il pressentait idiote. Alfred sourit :

« Mais non, bien sûr que non. Tu sais bien que j'aime Bécassine. » Son corps trembla. Mais le jeune homme croisa ses bras et s'étreignit la taille. Il obligeait ses nerfs à se calmer.

13

Joseph Bagnon avait mis pied à terre et poussait son vélo. La côte devenait trop raide pour pédaler. Ce matin, la 2 CV jaune avait refusé de démarrer. Alors, Suzanne avait ressorti ses godillots de marche et sa musette. Elle y avait déposé, avec une minutie ancienne, le casse-croûte de midi. Sans la voiture, Joseph savait qu'il ne pourrait pas rentrer déjeuner à la maison, ni s'arrêter chez la mère Jean pour y boire l'apéritif au milieu des copains. Dans la colère, le facteur trouvait l'énergie de continuer vers le haut de la colline.

Joseph n'éprouvait pas que de la colère. Il redécouvrait le plaisir de marcher dans les vignes. Il songeait que, bientôt, arriverait l'époque du sulfatage et que les terres fourmilleraient d'hommes chargés de bouteilles comme des plongeurs. Mais lui passerait au milieu d'eux sans les voir, dans sa voiture pétaradante. Il regretta de ne plus vivre au diapason des hommes de la campagne.

La grille de Rachol apparut bientôt, imposante au milieu des sapins. Joseph retrouva ses gestes d'avant, quand il n'avait pas encore touché sa voiture jaune. Il adossa son vélo au mur énorme, sortit son mouchoir et s'épongea le front en remontant sa casquette. L'étoffe sentait la lavande. Le parfum léger le fit repenser à Suzanne. Chaque matin, depuis leur mariage, elle versait quelques gouttes d'eau de Cologne sur un mouchoir propre.

Joseph retrouva sa bonne humeur. Il sifflota en fouillant dans le cartable à soufflets. Sans doute, un enfant avait écrit au maire : les fautes d'orthographe, l'écriture hésitante, la grosseur des lettres ne trompaient pas. Le facteur sursauta. L'enveloppe était adressée à la petite. Il ne l'avait pas remarqué tout de suite. « Rachol » était répété deux fois, en gras, comme si on avait voulu éviter tout risque d'erreur. Pauvre petite, il ne restait d'elle que des fleurs fanées sur la tombe de Plaisance.

D'autres auraient jeté au fossé cette lettre sans destinataire. Ils auraient enfourché leur bicyclette pour profiter, au plus vite, de la belle descente qui menait au bourg. Mais Joseph ne se sentait pas de cette génération-là. Sa conscience professionnelle lui dictait de sonner et de remettre la lettre aux habitants survivants des Pierres Dorées. « Jacqueline Rachole Rachole. Pierres Dorées par Villefranche-sur-Saône. » L'adresse était complète, le message arriverait donc. Joseph n'avait pas à décider que tout ça était insensé. Sans hésiter davantage, il sonna.

Richard s'avança en gesticulant comme une araignée. La fatalité n'avait pas eu son compte avec le sourd-muet. Un accident l'avait rendu difforme dans son enfance : les jambes brisées en mille morceaux, contre un camion. Ses bras s'étaient développés normalement. Maintenant, il se déplaçait très vite sur le sol en s'aidant de ses mains. Malgré la quarantaine, Richard avait un visage lisse et beau, des yeux bleu porcelaine, intelligents, mobiles, des cheveux épais comme un casque d'or. Sa bouche belle et sensuelle arborait à la demande un affreux rictus dont il usait pour se débarrasser des importuns. Les gens le craignaient et il avait fini par y prendre plaisir.

Joseph aimait bien Richard. Peut-être parce qu'il ne parlait pas? Lui-même répugnait à prononcer un mot. Et puis, le sourd-muet prouvait, en existant, toute l'injustice du monde. Richard possédait une tête si belle et un corps si laid. Joseph qui n'avait pas eu d'enfants se sentait lui aussi une victime. Il s'était promis de peupler leur pavillon, jusqu'à ce que les quatre chambres fussent habitées. Suzanne pleurait encore quand elle se croyait seule.

Richard s'empara de la lettre entre les barreaux de la grille. A son tour, Rachol arriva. Il portait des bottes de caoutchouc et chacun de ses pas faisait « floc ». Le sourd-muet sentit sa présence à un frémissement imperceptible qui avait parcouru le sol, à une odeur, une vapeur de poussière qui avaient changé l'air. Richard se retourna vivement. Il voulut dissimuler la lettre mais Rachol la réclamait déjà en menaçant de le frapper. L'autre cessa de s'agiter, recula de ses quatre membres, lui lança le message. Tout de suite, le maire poussa un juron : il avait lu le prénom de sa fille.

Rachol déchira l'arête de l'enveloppe et fit claquer le papier entre ses doigts. Joseph pensa que la feuille était vierge. Mais non, le maire réagissait mal, cherchant un appui, s'adossant contre le pilier de la grille, sans plus voir personne. Richard lui arrivait à la taille et, à tout hasard, tapotait le bras de son maître. Le visage du géant se décomposait, il pleurait.

Joseph battit en retraite : Rachol réagit enfin selon sa nature. Il poussa de nouveaux jurons en frappant sur la grille. Il déchira la lettre en petits morceaux et se parla à lui-même : « Plaisanterie ignoble... Lettre anonyme. » Le facteur ne parvint pas à comprendre le reste. Déjà, le maire remontait vers le château à grandes enjambées, Richard courant à ses côtés, tournant autour, trottinant, levant la tête vers le maître comme un chien amoureux.

Joseph regarda les papiers blancs éparpillés. Petite tache rouge sang, le timbre l'attirait. Il se pencha, le ramassa, lut le cachet de la poste. Intrigué, le facteur découvrit que la lettre, qui avait fait trembler le puissant Rachol, avait été postée à Villefranche. Rien que pour ça, Joseph souhaitait savoir. Il rassembla les papiers qui voletaient dans le vent. Ce soir, il reconstituerait le puzzle.

Le facteur voulut aller à sa voiture mais ne trouva que son vélo. Il se dit qu'il avait le temps. Il pouvait s'asseoir et déjeuner dans l'herbe, le dos tourné au château. Il embrassa la plaine. Le froid piquait ses joues mais les premiers effluves du printemps montaient jusqu'à lui. Cette année, pensa-t-il, le vin aurait de la fleur.

14

« Ne bouge pas, imbécile. Tu vas me faire tomber. » Assis sur les épaules d'Antonio, le baron Charles de La Rosaire regardait par-dessus la palissade. A chaque instant, le valet manquait de perdre l'équilibre. Son maître ne pesait pas lourd, mais Antonio vieillissait et cet exercice quotidien lui devenait de plus en plus pénible. La Rosaire n'en avait cure. Il voulait continuer d'observer à la jumelle la grille de son ancien domaine. « Ça va, ça va. Descends-moi. Doucement, abruti... » La Rosaire riait. Il entra dans la baraque, jeta les jumelles sur le lit en réveillant deux tourterelles. « Prépare-moi la voiture. »

Il disait « la voiture », même si la limousine noire était vendue depuis trente ans. Antonio comprenait. Il mettait en route la vieille moto et sortait son vélo. Avec sa canne à pommeau d'argent, sa démarche à trois temps d'invalide qui n'avait pas fait la guerre, ses moustaches blanches, son regard gris capable, disait-on, de faire crever un crapaud, le baron impressionnait son monde. Maigre et raide dans ses vêtements de velours trop larges, il sillonnait les petites routes du Beaujolais sur sa Rossinante mécanique. Antonio jouait les Sancho sur son vélo.

Le baron maintenait la tradition. Avant de partir en tournée, il fermait son mouchoir de dentelle sur les quatre pièces d'argent réunies par un fil. Son instrument de travail. Il prétendait qu'il avait hérité de son père la charge du pendule, que lui-même l'avait reçue du sien, et qu'on remontait ainsi jusqu'à Henri IV, l'amateur de poules. La Rosaire était mireur d'œufs. C'était tout ce qui lui restait d'honneur.

Avant, quand il habitait son château, Antonio sortait la limousine. Il conduisait le baron, pour sa visite bénévole des poulaillers de la région. La Rosaire continuait, malgré sa pauvreté. On le respectait davantage. On appréciait sa pauvreté en connaisseur. Les quatre pièces d'argent représentaient toute sa fortune, aussi consentait-il désormais à se faire payer ses services en nature : on lui offrait des coqs.

Le rite était immuable. La Rosaire étalait un torchon blanc à liséré rouge au milieu de la paille. D'une main experte, il passait sous le derrière duveteux des volatiles. Il en sortait un œuf encore chaud qu'il déposait au centre du carré. Antonio soufflait, épuisé d'avoir gravi la pente en pédalant jusqu'à la ferme. L'important était d'arriver à temps pour apporter au maître le complément de fluide indispensable. Le fermier recueillait la veste du baron. La fermière préparait un pot couleur carmin, en faisant tinter les verres dans la cuisine. La Rosaire relevait ses manches, glissant deux doigts le long du fil pour immobiliser les pièces. Dans ces moments-là, même les premières mouches du printemps consentaient à faire silence.

Le paysan retenait son souffle. Si le pendule ne bougeait pas, ce serait une poule de moins, un œuf qu'il faudrait manger ou vendre. Si, au contraire, l'oscillation espérée se manifestait, c'était le bon signe. L'œuf donnerait une poule qui donnerait des œufs qui donneraient des poules. Dans une ferme, l'œuf mâle n'a pas de valeur. On le mange si on l'aime cru, frit ou à la coque. Impossible de laisser les poules le couver sans risquer de se trouver un jour avec un élevage de coquelets inutiles.

La Rosaire mirait durant des heures. Lorsque tous les œufs femelles avaient été remis sous le ventre des poules, lorsque tous les mâles avaient été rassemblés dans un panier d'osier, le baron pénétrait dans la cuisine en s'épongeant le front. On débouchait le pot. On donnait un coup de chiffon sur les verres propres. On attaquait en silence la bonne bouteille. Antonio restait dehors. Il recevait du paysan un bon verre et une paire de coqs. Il leur nouait les pattes avec une ficelle, les enfermait dans un sac de jute et arrimait le tout au vélo en attendant les ordres.

Le valet préparait la moto, le vélo. Il frottait ses épaules meurtries par la gymnastique quotidienne. Il demanderait au baron d'acheter une échelle. Ses épaules n'avaient plus la force de le porter. Chaque jour, entre le château jaune et la maison du garde, la palissade grandissait. La Rosaire devrait monter plus haut s'il voulait continuer de surveiller Rachol.

Le baron sortit de la maison de bois semblable aux trois autres. Toutes quatre avaient marqué, aux quatre coins du parc, les limites des Pierres Dorées du temps de son père. Toutes avaient été occupées par des familles entières qui travaillaient dans les cuisines ou sur les terres. La Rosaire habitait la seule qui possédât encore son toit.

Antonio n'en revenait pas : le baron riait, riait. De joie, il donnait des coups de pied dans le grillage du parc à coqs, débordant de volatiles. Les fermiers le payaient avec ses erreurs de diagnostic. La mer de plumes se couvrit de houle, les coqs protestèrent en lançant des cocoricos minables. Antonio présenta la moto à son maître qui l'enfourcha et démarra aussitôt. Le valet tenta de le suivre.

Joseph Bagnon déjeunait sur l'herbe, face à la plaine, le dos tourné aux Pierres Dorées. Le baron s'arrêta à sa hauteur : « Alors, Joseph. La lettre, c'était quoi? Taratata, ne mens pas. Je t'ai vu naître. Je sais quand tu t'apprêtes à me mentir. Furieux, il était, Rachol, hein? Pourquoi? Dis-le-moi... Je vous ai surveillés, tout à l'heure. Et puis, tu as ramassé quelque chose. Allez, parle. » Joseph se sentait comme un enfant pris en faute. Il faisait durer dans sa bouche le morceau de saucisson chaud pour gagner du temps. Mais l'autre le menaça du poing. « Je n'ai rien pris. Rien du tout. »

La Rosaire préféra céder sur ce terrain et se durcir sur l'autre : « La lettre. Qu'est-ce que c'était, la lettre? » Joseph avait toujours respecté le secret professionnel, la déontologie postière, mais il se dit que cette fois, il était contraint de parler. Il n'avait pas le choix : « Pour Jacqueline... »

Guère étonné, le baron lissa sa moustache. Il grommela : « Bien sûr... Puisqu'elle n'est pas morte. » Il salua le fonctionnaire comme un officier son subalterne, lança le moteur de sa moto et passa une vitesse. Antonio le rattrapait à peine.

15

Rachol s'était enfermé dans la salle de sport. Juste à bonne hauteur, Richard l'espionnait par le trou de la serrure. L'homme aux dents d'or tapait sur l'énorme sac de cuir qui pendait au plafond. Il avait retiré sa veste, sa chemise, et mis ses gants de boxe. Le sourd-muet contemplait son large torse couvert de poils roux. Rachol tapait, tapait encore. Son élan l'emportait parfois et il enlaçait le sac comme une femme. Il semblait danser avec elle avant de la battre à nouveau.

Rachol avait transformé la salle de billard en salle de gymnastique. La grande table tapissée de vert avait été démontée et emportée derrière le château, au pied de la vigne en treille puis remontée pièce par pièce, sans les pieds. Rachol en avait fait un bac à sable pour ses filles. Mais Stéphanie avait été la seule à jouer dedans. Un brocanteur en avait proposé une coquette somme. Il avait dû se contenter des pieds, de la lampe monumentale, et des queues.

Rachol préférait la boxe au billard. Non pas la française, non pas l'anglaise. L'autre, celle qu'il avait apprise dans la rue et qui consistait à taper le plus fort possible. Rachol n'avait pas besoin de professeur. Il boxait sans témoin, au gré de ses malheurs et de ses colères. La sueur noircissait sa poitrine rousse. Il renifla violemment, tapant toujours.

La lettre adressée à Jacqueline avait achevé d'assombrir sa journée. Comment pouvait-on écrire à sa fille quand tout le monde savait qu'elle avait disparu? Quelqu'un refusait la vérité et Rachol ressentait ça comme une agression directe. La seconde en quelques heures. Il avait aussi reçu un coup de téléphone bouleversant de Jacques Bastard. Le correspondant du *Progrès* ne pouvait rien lui cacher, Rachol savait trop de choses sur lui. Ainsi, La Rosaire était venu voir le journaliste pour lui faire des « révélations spectaculaires ». Bastard avait lu à Rachol l'interview du baron qu'il avait rédigée et lui avait demandé l'autorisation de la publier.

La Rosaire affirmait : « Jacqueline est vivante. Je la retrouverai avec mon pendule... » Comment osait-il? Rachol avait été pris d'une énorme colère. Tout ça ne reposait que sur de la haine et sur des croyances absurdes : la radiesthésie, le pendule, la baguette de sourcier en fanons de baleine; la découverte en 1762 de la mine de manganèse par Édouard de La Rosaire, le seigneur du pendule; l'amitié de Paul de La Rosaire, le père de Charles, avec Armand Viré, le maître incontesté de la radiesthésie. Le baron prétendait que Paul et son ami avaient découvert, en 1933, un enfant survivant au fond d'une crevasse, dans le massif du Mont-Blanc. Les gendarmes le recherchaient en vain depuis deux jours. Paul de La Rosaire avait déplié une carte d'état-major, Armand Viré avait promené dessus son pendule. Il avait bougé. L'enfant avait été sauvé.

Charles de La Rosaire n'avait rien prouvé, lui. Rachol se souvenait qu'un jour, une fermière avait demandé au baron de retrouver son chat. Il avait essayé pendant une semaine, parcourant la région à pied derrière son pendule et sa baguette de sourcier. Ridicule... On avait découvert le chat, plat comme un paillasson, dans un fossé. La Rosaire s'était approché dix fois de la charogne sans même la sentir.

Le baron était un charlatan. Rachol tapait toujours sur le sac de cuir. L'autre osait conclure ainsi l'interview : « J'affirme qu'à cette heure, mon pendule indique que la jeune fille est vivante. Je suis prêt à tenter de la retrouver si, comme j'en suis sûr, le maire conseiller général m'en donne l'autorisation... »

La Rosaire haïssait Rachol. Ça ne datait pas d'hier. Léone en avait fait les frais voici plus de vingt ans. On demandait alors au baron de déterminer le sexe des enfants à naître. La Rosaire pouvait se vanter d'avoir vu le nombril de toutes les femmes de la région. Léone lui avait téléphoné en cachette. Il habitait déjà la maison des gardes, Rachol occupait déjà son château. Les plaies n'étaient pas encore cicatrisées. Elle lui avait dit : « Venez voir mon ventre. Je suis enceinte. » Il avait répondu

« non ». Mais elle insistait, affirmant qu'il fallait oublier le passé et que ce qui comptait, c'était l'avenir, qui arrondissait son ventre.

La Rosaire était donc venu voir le ventre, que Léone avait joli. La jeune femme avait fait comme les autres, remonté sa robe jusqu'à la poitrine. Le baron s'était difficilement concentré sur le nombril en losange. Sa main s'était posée sur la ligne brune et il avait oublié de la retirer.

Léone s'était fâchée : « Vous n'êtes pas venu pour ça, baron. Et votre pendule, qu'est-ce que vous en avez fait? » La Rosaire avait fouillé ses poches, en vain. Il l'avait rassurée : « Je n'ai pas besoin de mon pendule. Nouez votre robe à votre soutien-gorge. Restez debout près de moi. Plus près... Ne bougez plus. » Assis dans un fauteuil, le baron s'était saisi de Léone par le gras des hanches. La jeune femme avait la chair de poule. « Alors, vous voyez quelque chose? » L'autre devenait rouge, se dandinait sur son siège : « Oui, une très jolie femme. » – « Vous m'énervez, baron. Ce n'est pas ce que je vous demande... Est-ce une fille? Un garçon? Robert aimerait tant un garçon... »

La Rosaire n'avait pas répondu. Il continuait d'admirer le corps épanoui et rosissant de la femme de son ennemi. Il avait même poussé la plaisanterie jusqu'à lui demander de lui tourner le dos : pendant cinq bonnes minutes, il avait ainsi contemplé à loisir les fesses merveilleusement charnues de Léone. Elle s'était énervée et, furieuse, avait rabattu sa robe avant de chasser « ce pauvre malade », ce vantard qui était incapable de voir dans un ventre de femme. Elle l'avait poursuivi dans le parc, ralentie par son fardeau qui lui faisait une démarche grotesque. Le baron s'était arrêté à la grille, avait affronté Léone, et dit : « Madame, vous ne devriez pas courir dans votre état. D'abord, vous y perdez en grâce, ensuite, c'est mauvais pour l'enfant. Vous vous tournez les sangs... Ne jouez pas avec le diable si vous ne voulez pas faire un monstre. »

Il avait salué Léone statufiée. Il était remonté sur sa moto, presque neuve à l'époque, et avait disparu dans une fumée bleue.

Léone avait tout raconté, en larmes, à Rachol. Il avait failli monter dans sa Chambord bicolore pour aller boxer ce La Rosaire qui se moquait d'eux. Léone avait accouché loin de Plaisance. Elle s'était tourné les sangs : Jacqueline n'était pas comme les autres.

Rachol, épuisé, cessa de taper sur le sac de cuir. De la sueur, peut-être des larmes, tombaient de ses yeux. Son corps était trempé. Il ouvrit la porte et surprit Richard. Le sourd-muet reçut une baffe et brandit la serviette. Rachol avala un verre de Pierres Dorées 1982 qui l'attendait sur le guéridon, près du cheval d'arçons. Tout de suite, il se sentit mieux. Fatigué, mais lucide.

Il allait téléphoner à Bastard pour lui dire de publier son article. Son orgueil lui interdisait de refuser.

16

La nappe blanche frémissait mais les pots vides, alignés sur la table comme une petite barrière verte, l'empêchaient de s'envoler. Joseph Bagnon caressait les boules avec son chiffon.

Jeannot, le chef de la quadrette adverse, parlait tout bas à Antonio, le valet de La Rosaire. Ahmed-Philippe le harki, et Jacques le gardien de prison, lui chuchotaient des conseils. Antonio avait une lourde responsabilité : chasser le gone, d'un seul jet de douze mètres, pour éviter la Fanny.

Raymond La Fleur, le régisseur de Rachol, joua les grands seigneurs. Il proposa de faire la pause et d'attaquer les fromages de chèvre avec de nouveaux pots. A petits pas glissants, la mère Jean disparut dans son café et en revint, quatre pots bien noirs serrés entre les doigts d'une main. Ahmed-Philippe, qui avait laissé son marteau piqueur à l'entrée, se sentait inutile sans son outil. Il attrapa les bouteilles et remplit les verres.

Joseph n'avait plus à jouer. Il avait gagné tous les points avec Raymond La Fleur, Martial le gendarme, et Jean-Jean le patron du café. Le petit vin de comptoir commençait à taper et il repensa à la lettre.

Tout à l'heure, en rentrant de sa tournée, il avait embrassé Suzanne. Il avait dû la rassurer : non, il n'était pas trop fatigué d'avoir pédalé; oui, il avait mangé le saucisson encore chaud dans sa pâte, assis sur un talus face à la plaine. Mais il l'avait un peu contrariée en lui disant qu'il ne pourrait pas ce soir ouvrir le capot de la 2 CV jaune. Demain, il prendrait encore son vélo. Il avait un travail plus urgent à faire et après tout, ça n'était pas la mort.

Joseph était monté dans la chambre du fils qu'ils avaient attendu, en vain, si longtemps. Il avait fermé à clef, ôté sa veste bleue et retourné la doublure de sa poche, jusqu'à ce que tous les petits papiers blancs fussent éparpillés sur le lit écarlate. Il avait commencé son jeu de patience en s'efforçant d'évacuer sa mauvaise conscience. Le courrier était sacré. Pour la première fois en quarante ans de service, il se laissait aller à cette trahison : lire le courrier des usagers. Mais dans ce cas précis, l'usager était mort et Rachol un salaud. Rachol n'avait pas pleuré quand on avait enterré Jacqueline et la belle Léone. Il cachait sûrement des choses, pour Jacqueline.

Joseph avait balayé sa honte. Il se prenait pour un détective, un justicier à la recherche de la vérité. Il rassemblait les morceaux d'une pièce à conviction qui ferait avancer l'enquête. Le facteur avait fini par reconstituer la lettre écrite d'une main hésitante, parfois illisible, qui pouvait être celle d'un enfant. Il n'avait pas compris. Le texte lui semblait banal et de plus, ne comportait pas de signature. Joseph avait lu, relu en cherchant à deviner un sens caché.

Il avait trouvé. Il s'agissait d'un mot d'amour. Maladroit, à peine formulé, certes, mais bien d'un mot d'amour. Joseph Bagnon ne se supportait plus. Il avait dispersé les papiers blancs qui témoignaient du sacrilège, enfilé sa veste bleue, quitté la maison sans répondre à Suzanne qui s'inquiétait. Pour tenter d'oublier, il avait bu. Jamais il n'avait marqué autant de points aux boules, chassant le gone avec l'une, plaçant l'autre d'instinct.

La quadrette adverse ne possédait plus qu'une boule. Si Antonio ratait le gone, ce serait la Fanny. On vida les pots et fit silence. Le bras se balança longtemps. Soudain, la boule brilla comme une étoile. Elle explosa dans la poussière et frappa la planche d'un bruit mat. Quand le nuage retomba, le gone était toujours à sa place. La Fleur, Martial, Jean-Jean hurlèrent en entourant Joseph, leur héros. La mère Jean gloussa de joie et, sans attendre, disparut dans la porte du café, noire comme un trou.

Le ciel s'était obscurci et, déjà, la plaine prenait des contours indécis. La mère Jean rit très fort : on poussait Antonio vers la table. Joseph se rapprocha, on n'assistait pas tous les jours à une Fanny. Ils obligèrent le perdant à marcher vers cette statue callipyge qu'on avait commandée, voici bien dix ans, au baron de La Rosaire.

A ses moments perdus, le baron faisait de la sculpture. Depuis que son domaine ne lui appartenait plus, il avait beaucoup de moments perdus. On lui avait demandé : « Monsieur le baron, pourriez-vous nous faire une Vénus aux belles fesses? C'est pour la Fanny... » La Rosaire avait arboré un drôle de sourire. Il avait sculpté des fesses charnues, fendues très haut à cette fille impudique que les joueurs malheureux doivent justement embrasser sur les fesses.

Dans la commune, les mauvaises langues avaient dit que le baron s'était vengé de Rachol. La Fanny ressemblait à Léone. On lui devinait des fesses charnues comme ça quand elle passait dans le village, hautaine, en roulant les hanches. Un détail avait levé les derniers doutes. Le baron avait reproduit la coiffure de Léone : une frange sur le devant, les cheveux mi-longs derrière. Quand on lui demandait s'il y avait bien mis une intention, le baron répondait non de la tête, mais son sourire disait le contraire.

Antonio marchait vers les fesses de plâtre. La Fleur qui avait été amoureux de Léone, s'excitait. Il lança au perdant : « Vas-y mon gars. N'aie pas peur. Embrasse le cul de la Léone! » Il n'entendit pas la grille grincer. Rachol avait éprouvé le besoin de voir du monde.

17

Alfred se sentit un homme quand, dans les yeux de Jeanne, il lut comme du respect. En entrant dans sa chambre, elle s'excusa de le déranger pendant la séance d'écriture. D'habitude, elle poussait la porte sans prévenir. Elle le surprenait toujours tournant sur lui-même, parlant à voix haute, les mains jointes ou presque, un doigt battant, comme agité par un moteur déréglé. Cette fois, Jeanne frappa, passa la tête et dit, lointaine : « Tu n'as besoin de rien? Un peu d'eau? Une bière? Un verre de vin? » C'était un signe, le verre de vin. A table, elle lui coupait son beaujolais d'un filet d'eau.

Déjà, ce matin, Alfred s'était senti un homme quand, dans les yeux de Jacques le directeur, il avait lu comme une curiosité nouvelle. L'autre l'avait reçu dans son bureau vitré au milieu de l'atelier. « J'ai pas beaucoup de temps à te consacrer... Qu'est-ce qui ne va pas, Alfred? » Sans arrêt, son regard allait du jeune homme aux ouvriers penchés sur leur machine à trouer les œillets de classeur.

Alfred n'avait pas répondu. Il avait fait durer le plaisir et trituré les cordons de sa parka. Il souriait comme à chaque fois qu'il savait et que les autres lui semblaient ignorants. Il éprouvait de l'orgueil à se sentir unique. « Alors, Alfred, qu'est-ce qui ne va pas? » avait répété Jacques. Cette fois, il le regardait bien en face. Alfred avait toussé, murmuré quelque chose. Jacques lui avait demandé de parler plus fort. Le jeune homme avait dit plus fort : « J'apprends à écrire avec Pierre. »

Le directeur avait paru douter : « A écrire, ah oui? » Alfred s'était énervé, il avait crié : « Je veux vous montrer... » Déconcerté, Jacques lui avait finalement tendu un crayon, un carnet. « Vas-y... Fais-moi voir. » Alfred avait tiré un bout de langue sous son gros nez. Il s'était appliqué, s'arrêtant à chaque signe, souriant, reprenant. Plus tard, il avait levé la tête, allumé l'œil gauche, tendu le carnet à Jacques. Des fossettes étaient apparues sur ses joues maigres. Le directeur l'avait regardé avec cet air ravi des saints sur les images pieuses, même s'il n'allait jamais à la messe. « C'est bien... Vraiment bien. » Il avait frappé le jeune homme sur les omoplates saillantes et l'avait raccompagné jusqu'à sa place en lui disant : « Continue, c'est formidable. »

Alfred avait appuyé sur les manettes de sa machine à trouer les œillets de classeur, et pris le rythme de ses camarades. Il avait compté le nombre de coups de marteau pendant lesquels le directeur était resté à le regarder, l'œil collé au carreau de son bureau. Beaucoup plus de neuf. Alfred savait compter jusqu'à neuf mais Pierre lui apprendrait au-delà, quand il saurait écrire.

Le jeune homme lisait sans avoir appris. Tous les soirs, depuis des années, il regardait *Des chiffres et des lettres* à la télévision. Pour les chiffres, il avait compris jusqu'à neuf. Après, il s'était empêtré dans les dizaines, les additions, les soustractions et les multiplications. Pour les lettres, il n'avait pas connu de problème.

Le présentateur choisissait une voyelle ou une consonne. Invariablement, il identifiait le signe juste après. Alfred avait de la mémoire et le sens du rite. Tous les soirs, il allumait la télévision à 19 h 10 et l'éteignait une demi-heure plus tard. Il avait fini par engranger l'alphabet complet. Les lettres formaient des mots au gré de l'imagination des joueurs et Alfred avait découvert l'étonnante variété du vocabulaire. Il lui suffisait désormais d'entretenir ses connaissances, de déchiffrer en secret les étiquettes des bouteilles de vin, des paquets de pâtes, et de madeleines. Il lisait même les gros titres du *Progrès* que son père achetait chaque jour.

Edouard ne savait pas s'il devait se sentir heureux. Alfred changeait, mais Jeanne aussi. On aurait dit que tous deux étaient reliés par un cordon invisible. Alfred consommait de plus en plus d'énergie. Il rayonnait, avait des rires plus fermes. Jeanne perdait sa vitalité. Elle parlait moins et semblait se refermer sur elle-même, se faner. Plus le jeune homme progressait, plus sa mère passait du temps dans la chambre interdite.

Edouard avait tenté de lui dire que c'était inespéré. Il fallait donner sa chance à Alfred et il était temps de l'encourager. Mais Jeanne se taisait, lâchant parfois un soupir de mépris qui peut-être, n'était adressé qu'à elle-même. Pendant toutes ces années, elle avait prié pour que quelque chose se produisît enfin. Pour que son fils commençât à évoluer dans le bon sens. Peut-être avait-elle trop espéré, trop prié. Peut-être que tout ça arrivait trop tard...

Edouard trouva dans sa mémoire une image juste, tirée d'un film d'enfance. Une femme marche, perdue dans le désert. Depuis des jours, elle cherche de l'eau. La chaleur l'accable. Elle marche. Le soleil toujours. La soif. Les yeux qui lui font mal. Elle marche. Peu à peu, elle devient aveugle. Le soleil. La chaleur. Soudain, l'oasis... Sans la voir, elle passe à côté de l'eau salvatrice.

Il fallait qu'Alfred arrêtât ses progrès. Aussi, ce matin, Jeanne avait tenté quelque chose : elle ne lui avait pas acheté de madeleines. Elle espérait qu'Alfred allait se mettre en colère, faire une vraie crise, comme avant. Mais le jeune homme avait levé les bras, secoué la tête et dit dans un sourire : « C'est pas grave. Beurrez-moi une tartine, comme Pierre. » Jeanne avait alors joué son va-tout : elle était descendue au sous-sol, attendant que son fils fût parti à l'atelier pour remonter. Mais Alfred s'était rendu tout seul dans la salle de bains et n'avait même pas demandé à Edouard de remplacer sa mère. Tout seul, il avait coiffé ses cheveux hirsutes d'un coup de gant de toilette.

Alfred écrivait sous la dictée de son frère. Parfois, il portait à ses lèvres un verre de beaujolais pur. Il se sentait un homme. Pierre chercha le crayon rouge qui lui permettait de souligner les fautes, mais ne le trouva pas.

Il fut le premier à se rendre compte du changement. Jeanne avait cessé de voler leur linge. Maintenant, dans la maison, elle dérobait tous les crayons.

18

En conduisant la Land Rover entre les vignes, Raymond La Fleur souriait, dévoilant deux rangées de dents saines. La gaieté beaujolaise envahissait le régisseur lorsqu'il buvait des pots. La Fanny d'Antonio les avait bien fait rire, mais Rachol était arrivé, déjà ivre. Il avait offert à boire. Personne n'avait osé refuser les nouveaux pots qui avaient défilé sur la table.

Rachol avait attrapé et jeté par terre la statue callipyge. Elle avait explosé dans la poussière et ça l'avait rendu fou. Il s'était mis à hurler pendant que Jean-Jean remplissait les verres : « Maintenant, je n'ai plus rien à cacher! Vous ne me croyez pas? Tout ça parce que j'ai bousculé l'ordre dans votre village et que j'ai chassé un incapable de son domaine...

Mais c'est moi le maître! Je ne suis pas de votre race de minables... Personne n'aura ma peau. »

Il s'était avancé vers eux, menaçant. Il avait trinqué d'un geste brutal et renversé du vin sur leurs vêtements. Il s'était mis à tituber, murmurant pour lui-même : « Si Jacqueline est vivante, je veux qu'elle rentre à la maison... » Puis, très fort : « Antonio – il secouait le serviteur du baron –, dis à ton maître que je ne le crains pas. Que je suis d'accord... Qu'il fasse le clown avec son pendule. Je n'ai plus rien à cacher. » Le géant roux s'était approché de Martial et le gendarme, dans un réflexe de défense, avait mis son képi. « Va voir ton commandant. Dis à Mousier que je suis d'accord pour cette connerie de radiesthésie. Mais qu'après, ils me foutent la paix. »

Rachol avait éclaté de rire, hurlant : « Des pots. Apportez-moi des pots! » Le petit groupe se découpait comme une scène de tableau naïf dans la nuit bleue.

Soudain, il avait glissé le long de la table en faisant se fracasser les pots vides. On s'était risqué à formuler les commentaires qu'on n'avait pas osés quand Rachol était lucide.

Raymond avait dû remettre tout le monde à sa place.

Il était beau, le maître, sur la banquette arrière de la Land Rover! On reconnaissait un vrai Beaujolais à la qualité de son ivresse. Rachol pouvait bien tout connaître de la vigne, réussir les plus belles vendanges, il n'était qu'un étranger : il ne savait pas boire le pot.

La Fleur se disait que rien ne l'obligeait à reconduire le maître puisqu'il n'habitait plus les Pierres Dorées. Rachol l'avait chassé comme les autres et sa journée était finie. Et puis, la mort de Jacqueline avait rompu le contrat. Pendant vingt ans il avait veillé sur Rachol, protégeant son secret. Enfin, façon de parler, tout le monde savait à Plaisance, mais il ne fallait pas que Rachol l'apprît. Pendant vingt ans, La Fleur avait tenté d'oublier cet après-midi de septembre. En échange, le maître lui avait accordé la place de régisseur.

La Fleur était arrivé aux Pierres Dorées dans les années cinquante, comme simple ouvrier chez La Rosaire. La propriété partait en lambeaux. Le baron laissait aller, parcourant la région derrière son pendule. Il disait qu'il était « un enfant de la guerre, la grande ». Son père était mort trop tôt pour lui apprendre. Il n'aurait jamais su pour les vignes : il préférait les œufs. Il mettait tout le monde mal à l'aise en ajoutant d'une drôle de voix : « Je n'ai pas la main verte. Plutôt le mauvais œil... D'un regard, je fais crever les crapauds... »

Rachol était apparu, avec sa grosse Chambord bicolore et ses dents d'or. Il avait passé en revue les ceps et les ouvriers. Le baron lui avait tout laissé.

Le nouveau propriétaire avait dit à Bertrand le vigneron : « Enseigne-moi tout. Quand je saurai, tu t'en iras. Alors, prends ton temps! » Il faisait comme il avait dit : à chaque saison, il engrangeait les connaissances. La taille d'hiver, pendant le repos végétatif, on laisse sur chaque souche un nombre d'yeux limité, c'est la charge du cep; on calcule pour obtenir le meilleur rapport qualité-quantité; on termine la taille en février. Rachol apprenait l'important, l'inutile. Il retenait les maladies, les gelées d'hiver, celles du printemps si dangereuses; la légende des clefs de saint Pierre qui cautérisaient les blessures, celle de l'omelette qui guérissait la rage.

Bertrand le vigneron prenait plaisir à ce rôle de professeur. Il découvrait que cet homme d'affaires, ce maniaque du placement financier, qui était aussi restaurateur, pouvait partager sa passion pour la vigne. Mais Rachol n'était pas du genre à partager. Cet après-midi de septembre lui avait fourni l'occasion de tout garder pour lui. La Fleur n'oublierait jamais cet après-midi de septembre.

Il faisait une chaleur exceptionnelle. Les vignes résonnaient du chant des femmes. Pour la première année, le maître avait engagé des ouvriers d'Espagne. La Fleur avait tout de suite remarqué Paquita.

Raymond La Fleur étant français, Rachol l'avait nommé encadreur. Il passait d'une rangée à l'autre, vérifiant la conformité des coupes, bousculant les femmes courbées sous les feuillages. C'était la première fois qu'il était chef. Le maître lui avait donné un chapeau de paille et il avait le temps d'essuyer son front avec un mouchoir. Parfois, il se rendait dans la guérite de pierre, au milieu des vignes, pour prendre l'ombre.

A l'abri du soleil, il cherchait Paquita. Les femmes portaient de longues jupes de couleur, chantaient, se cassaient en deux, arrondissant leur croupe avec innocence. Paquita, surtout... Bientôt, il prit l'habitude d'entraîner Paquita dans la guérite de pierre. Elle ne connaissait pas un mot de français, lui ne parlait pas espagnol mais leurs gestes, leur rire suffisaient.

Un après-midi de septembre, il l'avait voulue à lui dans un vrai lit. Il avait pensé à la baraque de Richard le sourd-muet, près du pigeonnier et de la mine de manganèse. Un endroit discret, au fond du parc. Richard, qui était parti pour quelques jours, ne fermait jamais sa porte à clef.

Raymond La Fleur avait pris Paquita par la main et traversé la pelouse en sautant d'ombre en ombre. Il avait renversé l'Espagnole sur le lit de Richard. Soudain, ce cri de bête. Paquita avait rabattu sa robe. De nouveau, ce hurlement à glacer le sang.

Ils s'étaient rajustés à la hâte avant de se rendre au pigeonnier. La Fleur avait voulu pousser la porte, mais elle était verrouillée. Il avait fait le tour du bâtiment, mais toutes les fenêtres étaient masquées d'un rideau blanc. De nouveau, ce cri. Paquita avait fait mine de s'enfuir. Il l'avait retenue par le bras : dans la porte, à la hauteur de la ceinture, il avait trouvé un judas. Il y avait mis son œil, poussé un juron. Dans un coin de la pièce, le tas de chiffons avait remué. La Fleur avait donné un coup d'épaule et la porte avait cédé. Plus doux cette fois, le cri avait retenti et tout de suite, il avait été assailli par l'odeur de merde.

Les murs étaient capitonnés, le sol couvert d'une moquette sale, jonché d'excréments, d'assiettes vides. Le tas de chiffons tremblait dans un coin. Raymond La Fleur avait marché vers lui. Il allait l'atteindre quand le paquet s'était faufilé entre ses jambes. Paquita avait hurlé mais le paquet avait hurlé plus fort qu'elle. La Fleur était parvenu à s'en saisir : c'était une petite fille à grosse tête.

Il avait contemplé ses yeux ronds comme des billes qui le dévisageaient, terrorisés. Ses joues roses étaient couvertes de crasse. Elle sentait mauvais et, de sa bouche, sortaient des « hein-hein » d'animal. Soudain, elle avait mordu La Fleur jusqu'au sang. Il l'avait vivement reposée sur la moquette. « Elle a faim... Ils l'ont oubliée... La malheureuse. »

Le géant roux était arrivé derrière lui. Il lui avait tapé sur l'épaule. Jamais La Fleur n'avait eu aussi peur dans sa vie. Rachol tenait une assiette fumante. Le lendemain, Paquita avait regagné l'Espagne.

19

Raymond La Fleur s'attendait à être renvoyé. Il avait été convoqué pour un entretien très bref. Rachol était un homme sévère mais intelligent. Il avait reconnu que la petite était bien sa fille. Richard s'en occupait d'habitude, on ne la supportait pas au château. Léone devenait folle, lui aussi. Il avait proposé un marché : comme il n'avait plus besoin de Bertrand le vigneron, il nommerait La Fleur régisseur. En échange, il lui imposait le silence.

L'ouvrier s'était mis à accompagner Bertrand sur le coteau. C'était son tour d'apprendre. Le vigneron avait fait comme pour Rachol. Il était reparti de zéro, tout en sachant, sans doute, qu'il allait à sa perte. Quelques mois plus tard, il avait été convoqué avec Raymond La Fleur sous le portrait du baron Hugues. Rachol leur avait montré un cahier rempli de chiffres.

Le propriétaire avait entamé un long monologue. Il voulait démontrer que la charge d'un vigneron, quelles que fussent ses qualités, était devenue insupportable. Au début, Bertrand avait reçu les deux tiers de la récolte. Après, s'il avait consenti à partager de moitié avec Rachol, il avait quand même bénéficié d'une pièce de vin supplémentaire à l'hectare. C'était lui, Rachol, qui payait la grande journée. La main-d'œuvre qu'il avait fallu faire venir de loin était devenue hors de prix. Un vigneron coûtait trop cher. Rachol avait conclu que Bertrand devrait s'en aller afin que lui demeurât le seul maître des Pierres Dorées.

Vingt ans avaient passé mais La Fleur se souvenait du grand bonhomme au nez épanoui, à la casquette bleue et aux épaules voûtées. Il n'avait pas protesté. Lentement, il avait essuyé ses mains sur sa salopette, hoché la tête en silence, tourné les talons pendant que Rachol tentait de le retenir : « Je ne t'ai pas pris en traître? Dis quelque chose... Un gros chèque, c'est toujours ça, non? » L'autre était parti le soir même. On le savait chez sa sœur à Lyon. Rachol lui avait envoyé l'argent à cette adresse mais le chèque n'avait pas été encaissé. Bertrand n'avait plus jamais donné de ses nouvelles.

Raymond La Fleur perdait cette gaieté aimable des vrais Beaujolais quand ils ont bu. Rachol se redressa sur la banquette de la Land Rover. « Salaud, tu me bouscules... » Il se rendormit en bavant sur le cuir.

Oui, le maître était un homme dur. Il avait renvoyé trois ouvriers pincés en train de boire. De bons ouvriers. Il avait été dur avec Léone, si belle et si douce. Plusieurs fois, La Fleur l'avait surprise alors qu'elle pleurait. Il aurait bien voulu aller vers elle, la consoler, et lui flatter la croupe, comme à une jument qu'il faut rassurer.

Jacqueline avait grandi dans le pigeonnier. Léone avait consenti à lui apprendre à parler, la seule chose que Richard fût incapable de mener à bien. Il arrivait qu'on les vît toutes les deux se promenant sur la pelouse. Déjà, Léone n'habillait plus sa fille qu'en rouge et vert.

La petite ne mangeait jamais dans la grande salle du château avec sa famille. Les jours exceptionnels, elle déjeunait avec Léa et Richard dans la cuisine. La Fleur trouvait ça injuste : lui prenait tous ses repas avec les maîtres. Heureusement, Stéphanie la fille adorée de Rachol, passait son temps à rire.

Depuis l'accident, les repas avaient cessé. Rachol s'était retranché aux Pierres Dorées avec Richard et Raymond La Fleur regrettait de ne plus vivre au château. Le régisseur se disait qu'il restait heureusement les samedis. Ce jour-là, Stéphanie rentrait de la pension. Les samedis, il pouvait croire que rien n'avait changé. La Fleur était invité à partager leur déjeuner, comme avant, quand Léone était partie faire des courses à Villefranche dans sa belle Mercedes. Il rêvait, en mangeant, qu'elle n'allait pas tarder à rentrer. Qu'elle serait là pour le dessert.

Rachol remuait à l'arrière de la Land Rover. La grille noire des Pierres Dorées apparut en haut de la côte, La Fleur accéléra. Le maître se battait contre son ivresse. Déjà, il en sortait vainqueur.

20

Rachol avait désiré cette ivresse terrible. La moitié de lui-même acceptait mal l'humiliation mais l'autre se sentait mieux. Saoul, il laissait battre son cœur en harmonie avec ses pas qui l'entraînaient au fond du parc.

Il avait renvoyé Raymond La Fleur : « Je n'ai plus besoin de toi. Fous-moi le camp. Garde la voiture. » L'autre avait vu la grande silhouette disparaître dans la nuit bleue. Rachol avait attendu que le bruit du moteur eût diminué pour rebrousser chemin. Il avait tourné le dos à la bâtisse sombre et marché vers l'entrée de la mine.

Le mur des bâtiments agricoles luisait sous la lune. Dans le pigeonnier d'un blanc blafard, Richard devait dormir. Rachol pourrait se dire demain qu'il était ivre. Lucide, il ne se serait pas laissé aller à cette sensiblerie morbide. Le maître des Pierres Dorées marchait, sous la voûte brillante d'armatures d'acier. Il toussa et sa voix alla se perdre dans le puits. Il poussa la porte lourde. Sa main trouva la torche électrique, toujours à sa place. Soudain, l'éclair balaya la galerie. Deux chauves-souris s'envolèrent en criant comme des enfants. Rachol eut peur.

Le rai jaune révélait une bande de souvenirs qui le fit pleurer. Pêle-mêle, il reconnut les meubles, les bibelots, les vêtements, les bijoux qui avaient appartenu à Léone et à Jacqueline. Le rayon éclairait une commode ancienne que Rachol avait rachetée à La Rosaire et que Léone avait remplie de culottes, de chemisiers de soie et de foulards de toutes les couleurs. Sur le plateau du meuble, d'invisibles araignées emprisonnaient de leurs fils des fioles de parfum, des brosses et des miroirs. Derrière, dans des paniers d'osier, étaient entassés les tailleurs, les chaussures, les manteaux, les sacs à main de sa femme. Mais Rachol n'était pas venu pour Léone.

Il déplaça la lampe, cherchant les effets de Jacqueline, que Richard avait transportés là.

Le sourd-muet avait tout déménagé après l'accident. « Tu feras autant d'aller et retour qu'il faudra. Mais vide-moi cette maison de tout ce malheur. » Richard avait exécuté les ordres, chargé dix fois le camion des vendanges. Dix fois il avait jeté des cordes sur la plate-forme alourdie de meubles, et fait la navette du château à la mine.

Rachol sursauta : Léone le regardait, les yeux fixes, dans son cadre doré. Il l'avait obligée à poser des heures devant ce jeune étudiant des Beaux-Arts. Elle s'était vengée en le prenant pour amant. Mais Rachol n'avait rien dit : chaque caprice devait se payer d'une manière ou d'une autre. Cela remontait aux années soixante, quand il avait trouvé que le portrait de Léone en pied manquait dans le grand salon, à côté du portrait du baron Hugues qui lui ressemblait à lui, Rachol.

Léone disparut dans l'ombre, Rachol chercha encore. Il voulait retrouver sa fille. Jamais elle n'avait été peinte, mais il devait exister des photos. Il heurta son cheval de bois magnifique. Il s'arrêta, regardant le jouet que Jacqueline n'avait pas enfourché. Elle disait : « Non. Veux pas. » Piquait une crise de nerfs. Rachol se promit que si sa fille revenait, il chercherait à la comprendre.

Il trouva sa photo, placée parmi d'autres dans un sous-verre qui, curieusement, n'était pas couvert de poussière. Il approcha sa lampe et des larmes coulèrent encore : son visage... Pour la première fois, il ne la trouvait pas laide. Dans cette figure ronde, il décelait même de la grâce.

Rachol s'assit sur le lit de sa fille. Richard l'avait fait au carré, comme si, d'une minute à l'autre, elle allait entrer et se glisser, maladroite et souriante, sous le gros édredon bleu. Rachol aurait le temps de l'apercevoir dans sa chemise de nuit blanche.

Quelque chose bougea au pied du lit. Rachol saisit la lampe et balaya l'angle de la galerie. Il crut voir une forme noire qui s'agitait, quelque chose de gros et de souple qui allait peut-être bondir. Il cria, pensant qu'un animal était entré. Il entendit un grognement rauque. La lumière aveugla le visage ensommeillé du sourd-muet.

Rachol s'était levé. Il saisit par l'épaule le corps cassé de son homme à tout faire, faisant semblant de se fâcher, hurlant : « Qu'est-ce que tu fous là, toi? Qu'est-ce que tu fous là? » Richard le regardait, les yeux grands ouverts, le visage lisse et beau. Rachol était content de ne plus être seul.

Il haussa les épaules, fit signe au sourd-muet de venir le rejoindre. Tous deux restèrent longtemps assis sur le lit de Jacqueline. Rachol se mit à lui parler tout bas : « Tu savais les aimer, toi. Jacqueline surtout. Elle était douce avec toi. Tu la sentais de ton bord. Sale nigaud, va... » Il donnait des tapes dans le dos difforme, l'autre s'ébrouait en grognant comme un chien.

Rachol s'endormit le premier sur le lit de Jacqueline. Richard fit glisser l'édredon, en recouvrit son maître. Il retourna ensuite, dans l'angle de la galerie, se lover au pied du lit. A l'instant où il perdit conscience, il lui sembla entendre voleter les deux chauves-souris minuscules. C'était comme ça chaque fois qu'il dormait : il entendait.

21

Alfred s'assit sur son lit, caressa la feuille d'un croton gigantesque, et glissa une cassette de Mozart dans l'appareil. Il avait failli commettre une erreur : choisir une cassette de Bach. Mais Mamie Anne régnait sur la maison depuis une semaine et la musique de Mozart lui ressemblait davantage. Quand elle parlait, riait, toussait dans le bureau où la courtisait le baron Charles de La Rosaire, Alfred repensait à ce feuilleton télévisé qui racontait la vie et l'œuvre du compositeur en culotte courte. Alfred collait alors l'oreille à la cloison de sa chambre pour être en mesure, une prochaine fois, d'imiter Mamie Anne devant la famille. Il savait que dans ces moments-là, il devenait irrésistible, faisant sourire son père, rire aux éclats son frère Pierre, exaspérant sa mère.

Mamie Anne se rendait bien chaque matin à l'église mais elle n'était pas une bigote. A quatre-vingt-onze ans, elle prenait plaisir à mettre sa vieille capeline, sa robe bleue à fleurs blanches, ses chaussures trop petites et comme serties dans sa chair, ses lunettes en forme d'ailes de papillon. Mamie Anne était vieille mais si élégante... Dans l'église, elle ressemblait à une grosse souris blanche au milieu des rats.

Chaque dimanche, Alfred lui prenait le bras. Elle se servait de lui comme d'un faire-valoir : quand tout le monde la voyait remonter vers le chœur au bras d'Alfred, elle paraissait la plus alerte. Alfred en concluait que la vieille dame était une incorrigible coquette. Même à l'approche de l'échéance, elle entendait rester mondaine et distinguée. En conséquence, la musique de Mozart lui semblait la mieux adaptée.

Mamie Anne n'avait pas laissé passer longtemps avant d'inviter Charles de La Rosaire. Elle avait chassé Édouard du bureau mauve, la seule pièce digne de leur conversation : il leur fallait les tableaux d'ancêtres pour revivre les fastes de leur jeunesse.

Elle considérait le baron comme presque de la famille. Il venait souvent à la maison, quand Anne de Villaforte se reposait à Plaisance de ses perpétuelles vacances, près de Bordeaux. Elle invitait toujours le baron, qui lui avait servi jadis de chevalier servant. Mamie Anne racontait que Charles de La Rosaire l'avait demandée en mariage. A l'époque, il passait encore pour riche et possédait des vignes, un château, une forêt. Elle avait refusé quand même.

Elle était tombée amoureuse de Charles-Adolphe, un beau lieutenant des Chasseurs d'Afrique. Elle n'avait presque pas hésité, même si son jeune officier ne lui offrait qu'un modeste manoir, « Les Loups », dans la Gironde. Alfred se disait que le baron devait être très laid et que Mamie Anne l'avait repoussé pour cette raison. Mais depuis que son mari était mort, bombardé par les Anglais dans un camp de prisonniers, quelque part en Allemagne, Mamie Anne revoyait souvent son ancien soupirant qui, en vieillissant, avait fini d'ailleurs par trouver un certain style.

Leur vieillesse, leur pauvreté les rapprochaient. Quand ils se rencontraient dans le bureau d'Édouard aux murs chargés de tableaux d'ancêtres, la fortune, la jeunesse leur revenaient. Alfred prenait plaisir à voir ensemble les derniers représentants, mal fagotés, trop affectés, d'une société mondaine, esthétique et déchue, qui ne brillait plus que dans les feuilletons télévisés.

Alfred n'existait pas pour Mamie Anne qui ne lui adressait jamais la parole. Elle lui faisait ainsi comprendre qu'il n'était pas comme les autres, mais Alfred s'en fichait. Il passait des heures à les espionner, elle et son amoureux, dans le couloir. Il écoutait leurs silences, leurs soupirs, leurs rires de gorge par la porte entrebâillée du bureau d'Édouard : c'était aussi intéressant que la télévision.

« Alfred, venez donc nous rejoindre... » Pour la première fois, Mamie Anne appelait son petit-fils. Alfred ne s'y attendait pas. D'habitude, elle se servait d'un tiers pour lui faire savoir ce qu'elle attendait de lui. Il tituba, posa les mains sur le mur du couloir pour garder l'équilibre. Il poussa la porte. « Asseyez-vous. » Anne le vouvoyait et ça lui plaisait.

La Rosaire avait enlevé son casque de cuir et

ses lunettes de motard, dévoilant son crâne rose orné de cheveux blancs. Il possédait des yeux gris et froids comme ceux d'Anne. Il portait un costume trop large et trop vieux; une chaîne de montre pendait à son gilet; les pantalons étaient rentrés dans les chaussettes qui moulaient le mollet maigre. Les mains, nouées sur le pommeau argenté d'une canne, étaient piquetées de brun, mais longues et belles. Le baron les comparait toujours avec celles des autres. Il regarda les mains d'Alfred : « Montre-les-moi. Comme c'est étrange... Elles sont palmées. » Anne gloussa, regarda, gloussa de nouveau : elle ne les avait jamais remarquées. Alfred mit les poings sur les hanches : « Arrêtez de vous foutre de moi. » Anne eut un sursaut, puis se désintéressa de lui.

La Rosaire extirpa le pendule de sa poche et obligea le jeune homme à lui montrer ses mains. « Oui, oui... C'est bien ce que je pensais... » Puis, changeant de sujet : « Alors, Alfred, si on parlait de Bécassine? C'est bien comme ça que tu l'appelles, n'est-ce pas? »

Alfred se demanda qui l'avait trahi. « Jacqueline, je sais qu'elle est pas morte. » Le baron agitait son pendule sur les mains du jeune homme. Alfred les mit dans ses poches. « Tu as raison, elle n'est sûrement pas morte. D'ailleurs, si je t'ai fait appeler, c'est pour que tu m'aides à la retrouver. Rachol est d'accord pour qu'on commence les recherches. Tu voudras bien m'aider, n'est-ce pas? » Alfred hésitait : pleurer? rire? Des fossettes minuscules et des larmes apparurent en même temps sur ses joues maigres. « Comme c'est touchant », dit le baron. « Tiens-toi. Mais tiens-toi donc! Alfred, vous êtes tout simplement ridicule », dit Mamie Anne.

Il s'en moquait, il avait choisi, il riait. Pas un éclat de rire franc. Des « hein-hein », qui partaient du ventre. Alfred tenta d'en savoir plus : « On ira quand chercher Bécassine? » – « Bientôt... Tu viendras avec moi. J'ai besoin de toi... »

Dans le bureau aux murs mauves, le silence s'était installé. A travers la cloison trop mince, on entendait le pépiement de Puce. Alfred pensa qu'il allait ouvrir la cage de son moineau et lui rendre sa liberté. Il s'adressa à La Rosaire : « Pourquoi vous avez besoin de moi? Je sais rien, moi... »

22

Penché en avant sur sa canne à pommeau d'argent, le baron tremblait avec distinction. Alfred trouva qu'il ressemblait à Ahmed-Philippe le harki, l'ouvrier qui perçait des trous au marteau piqueur sur la route du cimetière. Alfred rit : il colla le visage d'Ahmed-Philippe sur celui de La Rosaire. Le harki lui dit : « Regarde mon pendule. Il veut que tu viennes avec moi. Il m'apprend que tu es une pile naturelle et que tu sais capter les ondes. Il m'affirme que Jacqueline est vivante et qu'elle émet des ondes comme tous les êtres vivants. Tu ne peux pas comprendre, mais vous, Anne... »

Non, Alfred ne comprenait pas le baron. Ahmed-Philippe, malgré son accent, s'exprimait plus clairement que lui. La Rosaire parlait du « feu vivant de Zoroastre », du « feu générateur d'Héraclite », de « la lumière astrale de la Kabbale », de « la force vitale de saint Thomas ».

Le baron voulait se servir d'Alfred comme d'un outil. Le pendule et la baguette de sourcier ne lui suffisaient pas. Alfred en déduisit qu'il serait son marteau piqueur. La Rosaire lui demanda : « Tu aimes les fleurs, n'est-ce pas? Elles se plaisent chez toi, non? » Alfred proposa d'aller dans sa chambre, voir ce croton qui, en deux ans, avait atteint le plafond. Édouard faisait courir des fils pour que les branches respectassent une jolie trajectoire.

Mais le baron poursuivait sa démonstration sans éprouver le besoin de vérifier son hypothèse : « Certains êtres ont reçu un pouvoir sur la vie et d'autres sur la mort. Certains favorisent le développement des plantes ou de la vigne, soignent les animaux et les hommes grâce à leurs ondes bénéfiques. D'autres ne sont capables que de faire crever... Prenez mon cas, Anne : une vraie catastrophe. Mes vignes attrapaient tout, les maladies, le gel... Il a fallu que je m'en débarrasse. Pour les animaux, c'était pire encore : en faisant des expériences sur les cellules actives des levures, j'ai découvert que je pouvais tuer ces dernières avec les radiations de mes yeux... J'ai voulu voir quelles étaient les limites de ce pouvoir diabolique et j'ai essayé sur des êtres vivants. Eh bien, figurez-vous que je suis capable d'endormir un poulet à distance et de tuer un crapaud... »

La Rosaire s'enthousiasmait, s'énervait. Il agitait les bras, se laissait tomber dans le fauteuil d'Édouard, faisait mine de bondir. Alfred commençait à s'inquiéter. Anne restait immobile mais ses yeux trahissaient une immense admiration. Alfred décida de se taire. Simplement, il avait hâte que tout fût fini.

Le baron s'épongea le front avec un mouchoir blanc aux initiales entrelacées. Il se leva encore, parlant d'une nourrice qui avait eu mal au sein quand on avait fait bouillir son lait de mère sur un réchaud. Il dansa autour de sa canne en criant : « Vous voyez bien... quand je vous dis que tous les corps irradient. » La canne vibrait sur son axe; le baron tournait, Alfred repensa au harki. Il dit à La Rosaire : « Vous ressemblez à Ahmed-Philippe, le harki. »

L'autre s'arrêta net pour le regarder, soudain silencieux. Il produisit un étonnant bruit de tuyauterie avant de retomber dans le fauteuil d'Édouard et de porter le mouchoir à sa bouche. Il suffoquait, disait : « Pi-lules... Vite... Ma poche... Le cœur. » Mamie Anne, qui ne savait quoi faire, émettait de petits cris de peur, à tout hasard.

Alfred se pencha sur le baron et, d'un coup sec, ouvrit le col en deux : l'air s'engouffra dans les poumons de La Rosaire. Comme ça ne lui paraissait pas suffisant, Alfred appela sa mère. Mais Jeanne ne répondit pas et il fallait faire vite. Alfred fouilla les poches du baron, saisit les pièces d'argent nouées par un fil, les jeta sur le tapis. Il trouva une jolie boîte au couvercle peint à la main et l'ouvrit. Mais l'émotion le fit trembler. La boîte lui échappa et les pilules roulèrent comme des billes.

Le baron soufflait de plus en plus fort. Mamie Anne hurlait. Son petit-fils la gifla à toute volée et elle reprit aussitôt un air distingué, placide, supérieur. Alfred récupéra une pilule sur le tapis et, sans s'énerver, l'enfourna dans la bouche de La Rosaire qui bavait.

Il respirait déjà mieux quand la porte du bureau mauve s'ouvrit. Jeanne était là. Elle n'avait pas pris la peine de s'habiller. Elle n'était pas coiffée non plus. Pourtant, midi allait sonner d'un instant à l'autre au clocher de l'église.

« Qu'est-ce qui se passe ici? » Elle avait posé cette question sans conviction. Ses yeux d'habitude si sombres et si mobiles paraissaient ternes, comme tournés vers l'intérieur. Alfred regarda les cheveux noirs aux boucles défaites. Il dit à sa mère : « Vous êtes pas coiffée. Je vais vous donner un coup de gant de toilette... »

23

Suzanne s'essuya les mains, rouges du sang du coq, sur le tablier à fleurs et les joignit sous son ventre flasque. Assise près de la cuisinière à charbon, sur une chaise de paille, elle pleurait, sans savoir pourquoi. Tout le monde aurait pu le dire, mais pas elle. Son esprit avait fini par se débarrasser de l'obsession mais son corps demeurait encombré par le manque de maternité.

Quand elle se penchait pour donner à manger aux poules, Suzanne plaquait la paume d'une main sur ses reins. Désormais, elle souffrait de rhumatismes mais ce geste était plus ancien : voilà quarante ans, elle l'avait emprunté à sa sœur Madeleine, une vraie lapine. Madeleine avait mis au monde neuf garçons dont sept jouissaient d'une bonne santé. Le huitième était mort à la naissance. Richard, le neuvième, avait connu bien des malheurs, avant de trouver une place chez Rachol.

Suzanne aurait préféré accoucher de Richard, un sourd-muet, ou encore de Jacqueline, une mongolienne, plutôt que d'avoir à supporter ce vaste vide dans son ventre. Elle reniflait sur sa chaise de paille près de la cuisinière à charbon. Elle se palpait le bout des seins, comme si un peu de lait de nourrice venait de la surprendre. Elle posait une main sous sa poitrine semblable à deux ballons crevés, comme pour écouter battre un second petit cœur.

Suzanne s'obligea à se lever. Le coq que La Rosaire avait donné était préparé. Elle le déposa au fond de la cocotte sur une noix de beurre. Il restait à le saisir à l'eau bouillante. Elle voulut prendre la bouilloire sur la cuisinière.

D'habitude, la bouilloire reposait sur les couronnes de fonte, le cul léché en permanence par les flammes. La mère de Suzanne la lui avait achetée jadis, pour sa dot. Joseph, de son côté, avait fourni la cuisinière à charbon.

Depuis, la bouilloire était disponible, aussi étincelante qu'au premier jour, sur le poêle. On la déplaçait simplement le matin et le soir pour la remplir d'eau. Suzanne ne trouva pas l'ustensile. Elle le chercha partout dans la cuisine, s'arrêtant pour se palper le bout des seins, plaquer une main sur ses reins. Rien. Elle appela Joseph mais le facteur ne répondit pas. Il devait se trouver au premier, dans la chambre du fils qu'ils n'avaient jamais eu. Peut-être dormait-il sur le lit écarlate réservé à Richard quand il rendait visite à son oncle?

Richard savait lire et écrire. Quand il quittait les Pierres Dorées, il emportait toujours une ardoise et une craie. Grâce à cette méthode, il avait appris à Suzanne, et surtout à Joseph, le langage des sourds-muets.

Parfois, à l'occasion d'un match de football retransmis à la télévision, Richard et son oncle se querellaient. Tous deux multipliaient alors des gestes extraordinaires. Leurs mains s'agitaient, dessinant des ronds, des arcs, des chapeaux de gendarme, brassant l'air, le coupant en carrés, en triangles, en cônes. Ils ressemblaient à deux fleurettistes engagés dans un duel à mort, mais leurs mots étaient mouchetés. On n'entendait rien, même pas la télévision.

Par respect pour son neveu, Joseph refusait de mettre le son de la télévision. D'ailleurs, on suivait mieux l'action sans les commentateurs. Le facteur avait réussi à contrôler ses réactions. Qu'un joueur méchant crochetât Rocheteau dans la surface de réparation, Joseph ne poussait plus de hurlements révoltés. Il se limitait à se taper sur les cuisses, sur le front et à donner une bourrade à son neveu qui éclatait d'un rire énorme, et silencieux.

Quand Richard était assis, on ne voyait rien de ses handicaps. Simplement, ses jambes courtes n'atteignaient pas le sol. Mais son visage était si parfait et ses cheveux si dorés.

Joseph avait pris l'habitude de regarder la télévision sans mettre le son. Suzanne protestait, mais le plus souvent, elle s'endormait dans son fauteuil. Le facteur profitait de ce silence pour dominer la machine à rêves. Dans les films, il recréait les dialogues. A l'heure du journal, il imaginait des nouvelles qui le faisaient rire. Dans ces moments-là, il lui semblait contrôler les destins, maîtriser le monde. Les autres faisaient irruption de force dans son existence. Il les laissait entrer par la fenêtre de la télévision, mais muets.

« Joseph, tu n'aurais pas pris la bouilloire? Joseph... » Il ne répondait pas. Suzanne monta au premier et poussa la porte de la chambre réservée à Richard. Elle sut tout de suite que quelque chose n'allait pas.

Joseph s'était changé, un très mauvais signe. Il portait cette salopette rapiécée aux genoux qui ne lui servait qu'à réparer la voiture. Or, la 2 CV jaune était remise en état depuis la veille.

Le facteur adorait son métier au point de refuser d'ôter le pantalon bleu réglementaire, le soir après la tournée. Suzanne s'était battue avec lui pendant des années mais il n'avait pas cédé. Le pantalon bleu, c'était sa parure sacerdotale. Il était facteur comme d'autres sont curés. Suzanne avait obtenu quand même qu'il retirât sa veste afin qu'elle ne fût pas froissée. Sa casquette, aussi, pour que disparût le sillon rouge au milieu de son front.

Joseph s'était changé, quelque chose n'allait

pas. Suzanne observait le grand corps allongé sur le lit écarlate. Elle ne voyait pas sa bouilloire, mais elle avait reconnu l'odeur de l'eau chaude et du calcaire. Il ne l'avait pas entendue, elle s'approcha de lui. Le facteur décollait à la vapeur l'enveloppe d'une lettre.

24

Pierre avait réussi à cacher à Jeanne son dernier stylo à bille. Il savait qu'il ne garderait pas longtemps cet avantage et qu'elle finirait par le trouver, et le voler comme les autres. Jeanne volait les crayons à papier, les crayons de couleur, les feutres, les stylos à plume et à bille, les craies et les morceaux de charbon. Edouard n'osait rien dire, même si cette manie nouvelle l'empêchait de terminer sa reconstitution de carrière.

Pierre en avait assez. Pas seulement de cette guérilla hypocrite qui l'opposait à sa mère mais de toutes ces années pendant lesquelles il s'était senti maltraité. Il allait se servir de ce stylo pour leur écrire, une bonne fois, ce qu'il n'avait jamais osé leur dire.

Jeanne lui répétait tous les jours : « Cesse

de t'occuper d'Alfred. Laisse-le-moi, tel qu'il était avant. C'est comme ça que je l'aime... Ne lui apprends plus à écrire. Il change... Je ne le reconnais plus. Bientôt, je ne le comprendrai plus. » A chaque fois qu'il rédigeait pour Alfred le modèle d'une de ses lettres à Jacqueline, elle lui arrachait le stylo des mains. Alfred protestait : « M'enfin, maman, c'est pas possible. Comment je vais faire, moi, hein? Comment je vais la retrouver, ma Bécassine? » Pierre ne disait rien. Il donnait une tape dans le dos d'Alfred et s'enfermait dans sa chambre. Simplement, il pensait qu'il allait bientôt partir.

Aujourd'hui, il ne supportait plus l'idée de se battre pour son frère. Depuis dix ans, il se battait pour lui. La première fois, ç'avait été dans la cour du lycée. Sa mère l'avait accompagné jusqu'à la grille, Alfred pendu à sa robe. Tous ses camarades avaient remarqué le garçon qui marchait les bras écartés, comme un funambule. Il se dandinait d'un pied sur l'autre, clignant l'œil gauche, laissant apparaître des fossettes sur ses joues maigres, faisant entrer un pan entier de mouchoir dans les narines de son gros nez.

Pierre ne leur avait jamais parlé de ce frère. Personne ne savait à l'école qu'Alfred était né avant lui et qu'il n'était pas comme les autres. Et voilà que Jeanne n'avait pas tenu compte de ses mises en garde. Elle l'affichait en public, parmi ses camarades de classe. L'affront était venu presque aussitôt. Un gros garçon, qui ne l'aimait pas parce que Pierre était plus grand que lui d'une tête et beaucoup plus élégant, l'avait attaqué au milieu de la cour : « Qui c'est ce débile? Ton frère, hein? Pas la peine de jouer les fiers quand on est d'une famille de tarés... »

Pierre n'avait pas voulu relever l'insulte, sa nature ne le portait pas à la bagarre. Mais ses camarades avaient refermé le cercle autour d'eux. Ils pouvaient se battre sans risquer d'être repérés par les surveillants. Pierre s'était cru obligé de jeter son cartable et de foncer, tête baissée, dans le gros ventre de l'insulteur. Tous deux avaient roulé sous le préau. Ils s'étaient battus avec rage. La sonnerie avait retenti, il n'y avait pas eu de vainqueur.

Pierre s'en souvenait. A chaque fois qu'il s'était battu pour Alfred, il n'était jamais sorti vainqueur. Désormais, il se battait contre Jeanne en apprenant à écrire à son frère. Mais Alfred avait beau faire des progrès rapides, Pierre ne se sentait plus le courage de continuer : Jeanne allait bientôt gagner.

Une âme trempée lui aurait permis de remporter des victoires mais il n'avait pas reçu la même éducation que Benoît. Ses parents avaient dit à son aîné : « Grandis pour toi. Vis pour toi. » Benoît avait si bien compris qu'il était devenu un monstre d'égoïsme. A Pierre, Edouard et Jeanne avaient fait comprendre qu'il était sur terre « pour aider son frère ». Ils lui disaient tous les jours : « Alfred a besoin de toi. Pierre, sois raisonnable pour deux... Va voir ce que fait ton frère... Surveille-le, aide-le à marcher, sinon, il va tomber... » Jamais Pierre ne s'était senti exister gratuitement, pour lui-même.

Les choses avaient empiré quand Benoît, leur aîné, avait quitté la maison. Il possédait une telle personnalité que, lorsqu'il était parti il avait laissé un vide. Peu à peu, Alfred s'était emparé de ce territoire, sans que Pierre fît la moindre tentative pour lui résister. D'une nature timide, Pierre eût ṡité que ses parents l'entourassent de tenre, sans qu'il eût besoin de leur demander. Edouard et Jeanne se concentraient sur d, et Pierre savait qu'il comptait moins la famille, puisqu'il était normal.

Quand Benoît était pes parents avaient verrouillé leur maisoouble tour. On ne recevait plus personnestait le soir à regarder la télévision. Alfreait dans sa chambre en écoutant des caParfois, le téléphone sonnait : quelqu'udait Pierre. Mais les appels s'étaiente plus en plus rares. Il n'avait plus eu t viter des camarades : ils auraiente m er d'Alfred.

Pierre avait perdu ses amis. lui ache des animaux, qui, eux, ne risen pas faire des réflexions à propos on frère. Pierre parlait au chat gris, au lo blanc, à deux grenouilles, à un porc-ép a maison était devenue une forteresse donl ranchissait les murs deux fois par jour dan es deux sens. Edouard ne la quittait que le mtn, quand il emmenait son chien jusqu'au bief. Pierre appelait ça « la promenade du prisonnier ».

Lou tenai uard en laisse et le ramenait, au bout d'u ure, dans sa cellule aux murs mauves.

Pierre ffait. Heureusement, il s'était réveillé ur avec, dans sa poche, son baccala On l'avait inscrit en faculté et il avait c es premiers flirts : des baisers furtifs, esses volées, des jeux avortés. Il avait c cé à ressentir son ignorance des autres.

On de fonder une radio libre à Villef et on avait pensé à lui pour anim anche horaire. Pierre, quand il oubl nidité, parlait bien, d'une voix de suelle. Il suivait avec assiduité la rtie d nsons à la mode, connaissant à la perfectio ur titre anglo-saxon, pouvant même a er, sans se tromper, que tel ou tel disqu ait « un tube ». Le mérite en revenait à ed qui faisait hurler son magnétophone, point que la maison entière résonnait chansons à la mode.

Maintena qu'il côtoyait des jeunes, Pierre ressentait u manque. Il voulait comprendre les autres et connaître le monde au-delà de

Plaisance. Il écrivit tout ça à Edouard, dans une longue lettre qui n'était pas pour Bécassine.

Pierre remplit deux feuillets de sa belle écriture et les glissa dans une enveloppe qu'il déposa sur la table, dans le bureau aux murs mauves. Il prit sa valise et s'en alla. Il avait laissé son dernier stylo bien en évidence. Jeanne n'éprouverait pas de difficulté à le trouver. Cette petite satisfaction adoucirait sa peine.

25

Dans la baraque encombrée de meubles dorés, de tableaux et de statues callipyges qui, toutes, ressemblaient à Léone Rachol, les pigeons affolés laissaient tomber leur fiente sur la toile cirée. Indifférent, le baron de La Rosaire prenait des poses et se raclait la gorge. Pierre avait arrangé son coup en douce : il préparait une émission spectaculaire pour sa radio libre. Tous oubliaient Bécassine.

Alfred en était contrarié. D'abord, son frère, qui n'habitait plus la maison, ne lui apprenait plus à écrire. Et voilà qu'il l'empêchait de retrouver sa fiancée. Pierre faisait des essais de voix sur son magnétophone : « Cinq, quatre, trois, deux, un, zéro. » Le baron remontait ses manches, lissait avec emphase les poils de sa moustache, comme s'il allait être filmé par la télévision.

« Antonio, sors-nous une bonne bouteille. » Le valet répondit à son maître quelques mots incompréhensibles. A force de vivre à côté de ce vieillard bavard, il avait perdu l'usage de la parole. Antonio possédait une belle panse qui mettait en valeur son gilet rayé jaune et noir. Alfred était fasciné par le serviteur : il n'en voyait que dans les films à la télévision.

Le baron n'en finissait pas d'arranger sa cravate, de repousser en arrière son auréole de cheveux blancs. Plusieurs fois, il demanda même à son valet si la pose lui paraissait avantageuse ou s'il devait en changer. Alfred l'informa : « C'est pas de la télévision... Mon frère fait de la radio. » L'autre s'arrêta, furieux et Pierre lança à Alfred un regard lourd de reproches. « Faites comme si je n'étais pas là », dit l'animateur qui se mit à parler doucement à ses auditeurs de la radio libre des Trois Châtels.

Quand tout fut prêt, Pierre donna le signal et le baron commença, d'une voix théâtrale : « Retrouver une personne disparue ne s'improvise pas, vous savez... Cela nécessite une préparation indispensable et différente selon les radiesthésistes... Moi, par exemple, puisque c'est de moi, le baron Charles de La Rosaire, qu'il s'agit, n'est-ce pas? Moi donc, je dois avant toutes choses me débarrasser des ondes négatives qui pourraient nuire à mes recherches... C'est la raison pour laquelle, Antonio, tu vas me chercher le crapaud qui se cache derrière la porte de la grange... » Alfred rit, pensant que tout était préparé.

Le serviteur revint bientôt, porteur d'un bocal qu'il déposa sur la toile cirée. Dans sa prison de verre, un gros crapaud brillant fixait l'homme à la moustache blanche qui semblait lui parler. Pierre, installé en bout de table, marmonnait dans son micro. Alfred s'impatientait : tout ça, c'était du cinéma.

Pourtant, au fil des minutes égrenées par le tic-tac d'une grosse horloge, ils assistèrent tous à la transformation. Bien calé dans son fauteuil doré, les bras vissés aux accoudoirs, la tête serrée dans ses mains en forme de coupe, La Rosaire lançait des éclairs. En face, le crapaud le défiait, lui aussi. Il s'agissait d'un duel. Alfred sourit derrière son gros nez et mit les poings sur les hanches, intéressé.

Un quart d'heure passa pendant lequel on n'entendit que le tic-tac de l'horloge, le froufrou des pigeons et le floc des crottes tombant sur les statues représentant Léone. Un paquet de merde s'écrasa sur le crâne du baron qui ne réagit pas. Il transpirait mais ne baissait pas les yeux. Soudain, l'animal tenta de bondir hors de sa prison, en vain. Comme à la télévision, dans cette publicité pour les piles longue durée, on assistait au choc de deux rayons lumineux, qui se neutralisaient à égale distance des deux adversaires.

L'homme parut se transformer encore et ses yeux perdirent leur humanité. Un court instant, Alfred se sentit mal. L'animal changea, lui aussi. Il grossit. Alfred voulut parler, leur dire « attention », mais il se retint. Le crapaud se gonfla encore et sa peau devint transparente. On aperçut même à l'intérieur, des petits paquets noirs, tous ses organes. En face, l'homme semblait au comble de la souffrance. Alors, se produisit l'incroyable : le crapaud énorme devint blanc et, dans un sifflement sinistre, creva.

Pierre hurla dans son micro, répétant « incroyable ». Couvert de peau et d'entrailles, le bocal avait verdi. Une odeur nauséabonde se répandait dans la pièce. La Rosaire s'épongea le front, Antonio applaudit, Pierre posa mille questions au vieil homme qui reprenait ses esprits. Il retrouva un ton seigneurial pour expliquer : « Ma réussite était prévisible, puisque je suis doté du mauvais œil... » Il ajouta que jamais ça ne lui avait paru aussi dur, à cause d'Alfred qui était un « être de vie » et qu'il avait fallu combattre, lui aussi.

Alfred rit, n'ayant rien senti. Il demanda : « Et Bécassine? On va s'en occuper, de Bécassine? » La Rosaire, agacé, lui répondit : « Oui, maintenant, je suis prêt. » Dehors, la vie se manifestait de nouveau. Par dizaines, les coqs chantaient comme des réveille-matin détraqués. Pourtant, le soleil était déjà monté haut dans le ciel presque bleu.

Le baron enfila sa veste et retrouva un ton badin pour parler de ses coqs qui lui servaient de monnaie d'échange et de nourriture : « Je n'accepte jamais d'argent. Un La Rosaire ne travaille pas pour de l'argent... Alors, on me donne des coqs. » Pierre s'inquiéta de la monotonie de ses repas. N'était-ce pas écœurant à la longue? – « Demandez à Antonio... »

Le valet, mains jointes sur son ventre rond et yeux tournés vers le ciel, psalmodia : « Coq au gratin, aux morilles et à la crème, coq en sac à l'armagnac, coq au sang, sauté à l'ail ou au vinaigre, coq truffé ou en vessie... » Le baron l'interrompit pour parler enfin de Jacqueline : on allait la retrouver. Il ne pleuvait pas? Personne ne portait de bague, de montre, de collier de métal? Les conditions paraissaient bonnes. Alfred et le pendule suffiraient.

Le commandant Mousier arriva dans sa Peugeot bleue à girophare. Déçu, Alfred constata qu'il ne portait ni son képi, ni son uniforme. Simplement un treillis vert semblable à celui du voisin des Villaforte, le maçon qui, aidé des deux ouvriers à qui il louait des chambres, achevait de construire sa maison. Mais la ressemblance s'arrêtait là : le treillis du gendarme n'était pas couvert de plâtre, ses chaussures luisaient magnifiquement et cinq barrettes d'or étincelaient sur ses épaules.

Le commandant semblait très excité. Sûr de lui, mais déférent envers le baron, il lui demanda de lui présenter Pierre et Alfred, oubliant de saluer Antonio qui n'était pas de son milieu. A Pierre, il fit des mines quand ce dernier se déclara journaliste. A Alfred, il demanda à quel titre il se trouvait associé à l'expédition. Pierre combla son frère de bonheur en affirmant : « Il est le fiancé de Jacqueline Rachol... »

En entendant ces mots, le baron fut pris de malaise. Il avait sorti le pendule de sa poche et les piécettes d'argent lui échappèrent. Elles tombèrent au milieu des coqs. La Rosaire se pencha au-dessus des volatiles pour tenter de retrouver son bien. Les coqs voletaient, effrayés. Soudain, le baron perdit l'équilibre et s'effondra dans les plumes.

Antonio se précipita, multipliant les coups de pied, hurlant, s'efforçant de relever son maître déjà couvert de plumes et de fiente de coqs. Mais le baron Charles de La Rosaire était mort. Le gendarme diagnostiqua : « Le cœur... » Alfred pensa : « Match nul. » Le crapaud n'avait pas perdu.

26

Joseph, ce jeudi-là, avait garé sa 2 CV jaune dans la rue, à quelques mètres de la boîte aux lettres. L'inconnu qui écrivait à Jacqueline postait son courrier le jeudi et le lundi comme en témoignait le cachet de la poste. A Villefranche, les préposés tamponnaient les lettres le jour même. Joseph connaîtrait bientôt le secret de Plaisance. De toute façon, il ne pouvait plus revenir en arrière.

Le facteur profitait de ses visites quotidiennes au centre de tri pour guetter systématiquement près des boîtes. Ce jeudi-là, il démasquerait le mystérieux expéditeur. Il fallait en finir. Depuis deux semaines, le facteur était assailli par les réclamations de la clientèle. Le courrier arrivait en retard et le receveur principal lui avait tapé sur les doigts. Mais le plus grave venait de Suzanne.

Suzanne ne lui adressait plus la parole. Elle le méprisait depuis ce jour où elle avait tout découvert. Il lui avait avoué qu'il avait lu les lettres adressées à Jacqueline. Au début, il avait pensé faire le bien, imaginant quelque monstrueux secret. Mais on en était à la neuvième lettre, d'une banalité intolérable. Cette trahison n'avait plus de sens, même s'il était allé trop loin pour s'arrêter. Sa curiosité lui commandait de mettre un nom sur l'auteur de ces lettres, jamais signées.

Suzanne ne lui parlait plus mais il savait lire dans ses yeux, dans ses gestes. Elle trouvait son comportement inadmissible. Elle attendait qu'il allât se dénoncer à Rachol et qu'il demandât sa retraite anticipée. Joseph ne supportait pas cette idée. Il ne se supportait plus. Il ne supportait plus personne.

Un soir, il n'avait pas résisté au désir de tout avouer à Richard. Tous deux regardaient la télévision et les images défilaient, silencieuses. Soudain, Joseph avait appuyé sur l'interrupteur et essayé de parler à son neveu. Ses mains s'y étaient refusées, comme si elles bégayaient. Alors, Richard lui avait tendu son ardoise et sa craie. « Je suis un salaud. » Le préposé avait écrit ces mots en gros caractères. Il les avait effacés d'un coup de mouchoir parfumé à la lavande et tracé cette phrase terrible : « J'ai ouvert toutes les lettres adressées à Jacqueline. » Richard avait sursauté. Son regard bleu porcelaine était devenu méchant tandis qu'il paraissait réfléchir. Il lui avait soudain arraché l'ardoise des mains et écrit à son tour : « On prend ta voiture. Je veux te montrer quelque chose. »

Ils étaient montés au château jaune. Joseph était prêt à laisser le destin s'accomplir : si Richard voulait le dénoncer à Rachol, il n'empêcherait pas cet acte de justice. La 2 CV s'était engagée dans l'allée de sapins et arrêtée devant le perron. Richard avait sautillé de ses quatre membres pour atteindre la poignée de la grosse porte qu'il avait poussée d'un coup d'épaule. Ils avaient traversé le grand salon, sous le regard glacé du baron Hugues. Ils s'étaient avancés dans le long couloir qui menait aux chambres et arrêtés devant une petite porte. Le facteur s'attendait à quelque chose d'extraordinaire.

C'était bien extraordinaire. Rachol avait

aménagé une chambre pour Jacqueline. Il avait obligé Richard à ramener de la mine son lit, sa commode, son cheval de bois, ses chemises de nuit, ses jouets, ses photos. Maintenant qu'elle était morte, elle avait sa chambre au château... Au-dessus du lit, Rachol avait fait encadrer une photographie géante de sa fille. Jacqueline souriait de sa bouche immense, regardant les visiteurs de ses yeux ronds, gros comme deux balles de ping-pong, tendant un doigt accusateur vers Joseph.

Le facteur voulait s'enfuir mais Richard l'avait obligé à le suivre jusqu'à la commode, décorée d'un bouquet de fleurs renouvelé tous les jours. Sur le plateau, étaient déposées toutes les lettres, intactes. Rachol ne les avait pas ouvertes, il attendait sa fille, persuadé qu'elle rentrerait et qu'elle habiterait désormais le château. Joseph se sentait bouleversé, humilié. Une nouvelle fois, il voulait s'enfuir. Mais Richard l'avait retenu encore, écrivant sur son ardoise : « Je ne viendrai plus chez toi. »

Joseph avait trahi tout le monde. Sa femme, son neveu, Jacqueline et son père. Mais aussi l'administration. Le simple fait de porter son uniforme de facteur salissait toute la corporation...

Le jeune homme en parka blanche avait repéré la voiture jaune garée face à la boîte aux lettres de l'autre côté de la rue nationale. Il traversa dans les clous et s'avança vers le facteur, bras écartés, comme un funambule. Joseph le vit trop tard pour l'éviter. « Bonjour, facteur... » – « Bonjour, Alfred... Alors, tu postes ton courrier, hein? » L'autre sourit en montrant ses dents minuscules : « C'est ma lettre pour Bécassine... Mais je crois pas qu'elle va me répondre. » Il tourna les talons et, en s'éloignant, il ressemblait à un bonhomme de neige. Joseph fut secoué d'un rire de dément.

A l'arrière de la 2 CV jaune, se trouvait le gros sac à soufflet rempli de courrier, mais le facteur n'était pas pressé de commencer sa tournée. Il s'arrêta chez la mère Jean. Ahmed-Philippe, appuyé sur son marteau piqueur près du comptoir, s'étonna de le voir si tôt, au beau milieu de la distribution des lettres, mais Joseph ne répondit pas. Il but de nombreux pots et quand il repartit en voiture au milieu des vignes, il se sentait très las.

La 2 CV hoqueta comme un malade dans la côte la plus raide. Joseph appuya sur l'accélérateur, rétrograda pour aider la voiture. Rien n'y fit, la voiture jaune cala. Deux fois elle était tombée en panne, la semaine dernière. Il ouvrit le capot et comprit que cette fois, il ne réussirait pas à la réparer.

Le facteur fouilla dans le coffre et en sortit une grosse corde qui lui servait à se faire tirer quand il tombait en panne. Il enroula la ficelle autour de son coude et s'éloigna de la voiture. Il marcha vers un vieil arbre qui avait poussé loin de la route, au milieu des vignes. Les feuilles verdissaient, la terre était devenue presque molle.

Joseph fit glisser la corde par le nœud coulant et la lança autour de la branche. Il retira sa casquette, sa veste, son pantalon et plia le tout soigneusement à ses pieds.

A l'instant où il mettait la ficelle autour de son cou et fléchissait sur les jambes, Joseph respira profondément. Les gelées d'hiver étaient passées, la nature lui parut embaumer déjà, à moins que ce ne fût le parfum de lavande, sur son mouchoir. Il mourut en appelant Suzanne.

27

Jeanne s'empara du stylo de Pierre, Edouard découvrit la lettre de leur fils, dans le bureau mauve. Tous deux demeurèrent silencieux. Edouard demandait conseil à ses ancêtres qui avaient été des aventuriers. Ils avaient quitté très jeunes leur famille, un trait commun aux Villaforte. Il fallait donc accepter le départ de ce fils, en Villaforte.

Jeanne réagit mal. D'un geste rageur, elle cassa le stylo à bille et ses mains se couvrirent d'encre. Elle se dirigea vers le sous-sol en criant : « Margot est partie la première. Ensuite, ce fut le tour de Benoît. Et maintenant, Pierre... Alfred ne nous quittera jamais! Il ne faut pas lui apprendre à écrire! Il ne faut pas... » Jeanne alla s'enfermer dans la chambre interdite. Edouard aurait voulu lui parler, lui expliquer qu'elle n'avait pas le droit, la rassurer aussi, mais il n'osa pas.

Alfred comprit le premier ce qui se passait. Il tournait dans sa chambre en écoutant un chanteur à la mode, quand il sentit comme une odeur de fumée. Il continua de tourner sur la musique jusqu'à ce que l'odeur s'imposât, beaucoup plus forte. Ivre de danse, il déboucha en titubant dans le couloir, s'aidant de ses mains sur le mur. Il frappa à la porte du bureau mauve. « Papa, y a quelque chose. Sens. Ça pue en bas. » Edouard, qui s'était assoupi sur une bergère, se redressa vivement, chaussa ses bottes et, bousculant Alfred, dévala l'escalier qui menait au sous-sol. « Appelle les pompiers, vite. Les voisins... Tout le monde. » La chambre interdite était en flammes.

La montagne de linge brûlait. Jeanne tournait autour, criant, gesticulant, tentant d'éteindre l'incendie de ses mains nues. Edouard la saisit par les épaules et l'obligea à sortir. Le feu dévorait tout. La fumée gagnait le rez-de-chaussée. Ils suffoquaient. Dehors, on entendit bientôt les sirènes. Alfred avait alerté le lieutenant de pompiers célibataire qui avait réuni les bénévoles : le gardien de prison, le blanchisseur, Ahmed-Philippe, le maçon et ses deux ouvriers, tous avaient revêtu leur cuir et déroulaient un gros tuyau dans le sous-sol.

Edouard ne demanda rien à Jeanne. Il savait qu'il s'agissait d'un accident. Elle avait dû s'assoupir dans le fauteuil rouge au milieu du linge. Dans sa main, se trouvait sûrement une cigarette allumée. En quelques secondes, le mégot avait embrasé la montagne, comme pour un feu de forêt. Bien sûr au village, on dirait que Jeanne n'avait pas supporté le départ de Pierre. On irait imaginer que sa tête était malade alors que c'était seulement aux mains qu'elle avait été gravement brûlée.

Il ne restait plus rien dans le sous-sol. Les tonnes de linge, les centaines de stylos avaient disparu dans l'incendie. Edouard se sentait soulagé. Le curé de Plaisance lui avait raconté un jour la légende des clefs de saint Pierre : dans un village du Beaujolais, il avait oublié lequel, un prêtre cautérisait les plaies de ses fidèles à l'aide d'une grosse clef chauffée à blanc. Il prétendait l'avoir reçue, au cours d'une nuit de prières, du portier de Dieu qui l'avait visité en songe. A son réveil, la clef miraculeuse reposait sur sa table de chevet et le curé avait découvert, dès lors, sa vocation : soigner les blessés en les brûlant.

Edouard pensa que saint Pierre leur était venu en aide. Simplement, Jeanne gardait les mains enfermées dans des bandages blancs. Elle passait ses journées, allongée sur son lit, les yeux fixés sur le lustre de sa chambre. Edouard faisait les courses, le ménage, la cuisine. Alfred l'aidait comme il pouvait. En échange, son père continuait de lui apprendre à écrire.

28

En regardant la parka blanche qui épouse le corps étriqué de son fils, Jeanne n'éprouve rien. Alfred, Edouard, Pierre, Benoît, Margot, Mamie Anne, tous lui sont devenus étrangers. Son cœur est resté dans le sous-sol ravagé. Ses yeux fixent les bandages blancs qui couvrent ses mains.

Pour Alfred, c'est la seconde messe d'enterrement. Il récite de mémoire son texte et celui du curé. Il se lève, s'agenouille avec une emphase ecclésiastique. Au milieu de l'allée centrale, le cercueil de La Rosaire ressemble à celui de Jacqueline. La messe est la même. La foule des fidèles n'a pas changé. Alfred ne cherche plus sa Bécassine. Il sait maintenant qu'elle est morte.

L'orgue joue plus fort. Il est temps de sortir.

Quatre hommes portent le cercueil dans la rue. Mamie Anne, tout habillée de noir pour la première fois, paraît très vieille. Elle marche difficilement. On pourrait la prendre pour la veuve. Antonio pleure, son maître l'a abandonné. Il va rentrer en Espagne. Alfred pousse Jeanne devant lui, sort à son tour.

Le cortège traverse le village. On arrive dans la cité pavillonnaire. Les habitants, sur le pas de leur maison neuve, regardent passer le cortège. Il y a là Ahmed-Philippe le harki, le boucher et sa maîtresse, le gardien de prison homosexuel, le lieutenant de pompiers célibataire et tous les autres. Edouard de Villaforte et Lou, son loulou blanc. Jeanne lui fait un signe de sa main bandée. Elle veut s'arrêter mais Alfred lui donne une tape dans le dos. Il lui sourit. Elle repart vers le cimetière avec les autres.

Le curé fait patienter tout le monde à la grille. Les fossoyeurs finissent d'enterrer Joseph, à la va-vite. On aperçoit les silhouettes de Suzanne et de Richard. Le prêtre n'a pas voulu bénir le cercueil, malgré leurs prières. Maintenant, la foule bruyante se répartit entre les tombes. Au premier rang, à côté de Jeanne et de Mamie Anne, Alfred va tout voir. Le prêtre met du temps à raconter l'histoire des La Rosaire. Il commence par le baron Hugues et remonte de siècle en siècle en s'épongeant le front. Alfred entend « Beaujolais », « mine de manganèse », mais il n'écoute pas. Il rassure sa mère. Jeanne lance de petits rires qu'elle ne parvient pas à maîtriser. Leurs voisins leur jettent des regards inquiets.

Soudain, le scandale part d'ailleurs. Rachol est arrivé le dernier au cimetière. Il est ivre. Suzanne Bagnon l'a rendu fou sans le vouloir. A la maison, elle a retrouvé la première lettre adressée à Jacqueline. Celle que Joseph a reconstituée puis recollée. elle vient de la rendre à Rachol en lui disant : « Joseph aurait souhaité que je vous la restitue... »

Rachol a passé la matinée chez la mère Jean à boire des pots. Ses pas l'ont porté jusqu'ici, lui il ne voulait pas. Il s'avance en froissant la lettre dans sa poche. Le curé bénit le cercueil de son ennemi. Quatre hommes le descendent dans la fosse.

Il bouscule la foule, monte sur la marche d'un mausolée et lance soudain : « La Rosaire, tu n'avais pas le droit de mourir. Tu devais retrouver ma fille. Ça ne fait rien. Je vais me passer de toi. Je sais que Jacqueline est vivante! »

Plus tard, quand les vendanges arrivèrent, Plaisance retrouva son pouls normal. Les coteaux résonnaient d'accents espagnols. Les femmes étaient parées de couleurs vives. Jamais la récolte n'avait été aussi abondante.

Seule la terre en friche du Bout du Monde ne donna pas ce qu'en attendait Rachol. Il comprit que la vigne était comme un enfant.

Février 1985-janvier 1987.

Cet ouvrage a été réalisé sur
Système Cameron
par la SOCIÉTÉ NOUVELLE FIRMIN-DIDOT
Mesnil-sur-l'Estrée
pour le compte des Éditions Grasset
le 6 mars 1987

Imprimé en France
Dépôt légal : mars 1987
N° d'édition : 7251 – N° d'impression : 6138
ISBN : 2-246-39081-8